FEDERICO Y SU DUENDE II / FREDERICK AND HIS GOBLIN II

Pilar Bellés Pitarch

Descubre el MÉTODO DE LAS HISTORIAS BILINGÜES para MEJORAR RÁPIDAMENTE TU NIVEL DE INGLÉS, siéntete especial viajando en el tiempo con Federico y disfruta de sus aventuras. Ideal para personas con mucha imaginación.

Otros libros de Pilar Bellés Pitarch:

"Telling a tale / Contemos un cuento". (Colección de cuentos plurilingües adaptados a los centros de interés de Infantil 4 y 5 años).

"Cuentos plurilingües para trabajar valores y para días especiales" (Temas transversales: Día la paz, día del árbol, Halloween...).

"¿Cómo hacer alumnos creativos?" (Colección de cuentos plurilingües para desarrollar la creatividad y, a la vez, trabajar valores). Hay cuentos para cada nivel desde Infantil hasta tercer ciclo de Primaria.

"No dejes que crezca sin la magia de los cuentos... según lo que quieras transmitir, elige un cuento y... cuéntaselo". Es una alternativa a los cuentos tradicionales, con personajes actuales y valores actuales.

"Federico y su duende I / Frederick and his Goblin I" (Método de las historias bilingües para aprender inglés).

"Els iaios, la natura i l'amor / Los abuelos, la naturaleza y el amor / Grandparents, Love and Nature" (Método de las historias plurilingües para aprender inglés).

ISBN de libro en papel: 978-84-614-2203-6
ISBN de e-book: 978-1-291-61156-4
Depósito legal: TE- 118-2010
Registro de la propiedad intelectual: 09/2010/1106

Dedico estas historias a mi familia, especialmente a mi hijo Miguel que ha sido el primero de mis lectores.

Se puede disfrutar de la vida de dos formas: viviéndola o leyéndola. Leer es otra forma de vivir aquello que aún no hemos llegado...

Pilar Bellés

INNOVACIONES DIDÁCTICAS
Pilar Bellés Pitarch

1. Propuestas didácticas innovadoras sobre cómo enseñar un mismo cuento en todas las lenguas del currículum (castellano, inglés y, si la hay, la lengua de la comunidad autónoma). De este modo haremos alumnos competentes en todas las lenguas desde infantil.

2. Los cuentos de Pilar Bellés son una alternativa a los cuentos tradicionales que siguen usándose en nuestras aulas. Ya va siendo hora de cambiar los cuentos de siempre por cuentos actuales con valores actuales, ¿Quién puede ser mejor protagonista de un cuento que el propio niño?

3. El método de las historias plurilingües para adquirir competencias en las tres lenguas del currículum.

4. El método de las historias bilingües como técnica para perfeccionar el nivel de inglés. Da gran resultado con personas muy creativas.

EL MÉTODO DE LAS HISTORIAS BILNGÜES (PARA APRENDER INGLÉS)
De Pilar Bellés Pitarch
Consiste en utilizar una historia bilingüe intrigante como "Federico y su duende/ Frederick and his

Goblin" para sacar el vocabulario nuevo y aprenderlo.

La autora ha creado estas historias bilingües para que toda persona aficionada a leer y con mucha imaginación pueda aprender inglés disfrutando.

El secreto: una historia tan intrigante que hace que disfrutes mientras lees y que, cuando lees, te olvidas de que estás aprendiendo lenguas, y también te olvidas de la lengua en la que lees. Sólo te preocupas de gozar de la historia. Cuando te das cuenta, ya estás pensando en inglés... ya no puedes parar.

Metodología:

Hay una parte de aprendizaje consciente, memorizar vocabulario; y otra inconsciente, disfrutar leyendo. Si quieres avanzar rápido hay que combinar ambos aprendizajes.

Innovación:

Como innovación a las lecturas tradicionales, Pilar Bellés introduce la combinación: leer un capítulo en español y el siguiente en inglés, alternando... luego al revés.

Combinación de este método con los ya existentes:

Este método ha de usarse en combinación con los ya existentes. No olvidemos que para aprender una lengua se ha de avanzar paralelamente en estos cinco aspectos: leer, entender, hablar, escribir y conversar.

Objetivos:

1. Pensar en lengua extranjera del mismo modo que pensamos en la lengua materna.
2. Transferir competencias y conocimientos de una lengua a otra.
3. Adquirir competencia comunicativa en ambas lenguas.
4. Perder el miedo a todo aprendizaje nuevo por difícil que sea.

Competencias:
1. Lingüística: leer, entender, escribir...
2. Social y ciudadana: conocer historias parecidas a la realidad.
3. Aprender a aprender: usando esta técnica se puede aprender solo en casa.

Contenidos:
Las diez historias bilingües.

Actividades:
Primera lectura:
1. Primer capítulo: leer en castellano para conocer los personajes y su entorno.
2. Segundo capítulo.
-	Leer en inglés, subrayando las palabras desconocidas.
-	Buscar las palabras desconocidas al diccionario o a la traducción en español.
-	Se hace un listado inglés-español con las palabras nuevas y se memoriza. Es importante memorizar la pronunciación en inglés, la escritura en inglés y la traducción. Para memorizar la escritura en inglés se dice letra a letra. Ejemplo: book, b, o, o, k.
-	Se vuelve a leer en inglés.
En caso que por el nivel de inglés no se pueda abarcar todo el capítulo, se puede hacer lo mismo

página a página. Al final leer todo el capítulo seguido.

3. Tercer capítulo: leerlo en castellano.
4. Cuarto capítulo: igual que el segundo capítulo.
5. Quinto capítulo: leerlo en castellano.
6. Sexto capítulo: igual que en el capítulo segundo.
7. Séptimo capítulo: leerlo en castellano.
8. Octavo capítulo: igual al capítulo segundo.
9. Noveno capítulo: leerlo en castellano.
10. Décimo capítulo: igual al segundo capítulo.

Segunda lectura:
1. Primer capítulo:
-      Leer en inglés, subrayando las palabras desconocidas.
-   Buscar las palabras desconocidas al diccionario o a la traducción en español.
-      Se hace un listado inglés-español con las palabras nuevas y se memoriza. Es importante memorizar la pronunciación en inglés, la escritura en inglés y la traducción. Para memorizar la escritura en inglés se dice letra a letra. Ejemplo: book, b, o, o, k.
-   Se vuelve a leer en inglés.
En caso que por el nivel de inglés no se pueda abarcar todo el capítulo, se puede hacer lo mismo página a página. Al final leer todo el capítulo seguido.
2. Segundo capítulo: leerlo en castellano.
3. Tercer capítulo: igual que el primer capítulo.
4. Cuarto capítulo: leerlo en castellano.
5. Quinto capítulo: igual que en el primer capítulo.
6. Sexto capítulo: leerlo en castellano.
7. Séptimo capítulo: igual que el primer capítulo.

8. Octavo capítulo: leerlo en castellano.
9. Noveno capítulo: igual al segundo capítulo.
10. Décimo capítulo: leerlo en castellano.

<u>Tercera lectura:</u>
Leer todos los capítulos en inglés. Ya estás en condiciones de hacer resúmenes, comentarios...

ÍNDICE (p.13).

CONTENTS (p. 138).

0. INTRODUCCIÓN

Federico era un niño con mucha imaginación y muy hábil con los ordenadores. Cuando era más pequeño un día un extraño mago vestido de payaso les vendió un juego de ordenador a su padre y a él en una feria. Era un juego de ordenador para desarrollar la fantasía y la imaginación.

Algo extraño pasó. Un duende estaba encerrado en el programa de ordenador y sólo lo podía sacar un niño que superase todas las pantallas del juego y liberase al duende. El niño fue Federico y el duende es ahora su amigo Genio.

Genio había elegido a Federico como su compañero de aventuras para salvar el mundo. Genio había prometido proteger a Federico de todo peligro. Federico había prometido guardar su secreto. Federico llevaba una pulsera y un collar que eran mágicos. Estos implantes que le servían para comunicarse con Genio, sólo eran visibles para Federico.

Federico podía comunicarse con Genio a través de su mente. Genio que era un duende y un programa informático a la vez y, además, podía hacer magia. Era único.

1. UN MAGO CON SERIOS PROBLEMAS

En general Federico sólo había encontrado maravillosas aventuras con su amigo informático, Genio, que era a la vez duende y programa informático. Federico aún recordaba aquella vez que Genio y él se viciaron al juego. A Genio lo cambiaron por Facundo, un duende malo y, por poco no salen de aquello. Pero, misteriosamente, cuando todo parecía perdido, lo pillaron sus padres y pusieron las cosas en su sitio. Federico se pasaba mucho tiempo al ordenador. Sus padres desconocían la presencia de Genio y las aventuras que vivían juntos.

Aquella mañana cuando Federico se despertó tuvo la extraña sensación de que algo malo le había

17

pasado a Genio. Llamó a Genio como lo solía hacer normalmente, se apretó la pulsera con la uña. No sucedía nada. Lo volvió a intentar con el collar.

—Estoy aquí —le dijo una voz extraña en su cabeza—. ¿Me puedes escuchar? Federico, ven, ven, ven...

—¡Oh no! ¡Otra vez no! —dijo Federico mirando por la habitación.

Los pósters de la pared estaban donde siempre. Sus figuras de acción llenaban sus estanterías junto con algunos libros y diccionarios.

No había ningún cambio extraño en su habitación. La voz le siguió hablando.

—Otra vez no, ¿qué?

—Otro duende chalado que ha atrapado a Genio y pretende dominar el mundo con mi ayuda...

—Has acertado en todo pero no estoy chalado. Soy el ser más inteligente que conocerás en tu simple vida humana —dijo la voz—. ¿Cómo lo has sabido? Creía que el mago sabio era yo...

—Quiero verte y saber qué le ha pasado a mi amigo Genio —dijo Federico.

—Pon el ordenador en marcha, en el programa que tú sabes.

Federico puso el ordenador en marcha y pudo ver la imagen del Mago Sabio. Parecía un dios mago de la antigua Grecia con una túnica negra con capucha, unas barbas blancas y largas que le llegaban casi a la cintura. Ante él, estaba el dragón con fuego en las entrañas. Las manos del mago estaban extendidas. Parecía que estuviera pronunciando un conjuro. Daba realmente miedo.

—Pareces un dios mago de la antigua Grecia dijo Federico. —¿Cómo has llegado al siglo XXI?

—Soy un hombre divino —dijo el Mago Sabio—. Por cierto, ¿cómo has sabido que era un dios mago de la antigua Grecia? Yo no te he dicho nada...

—Lo he hecho con mi ordenador. Después de verte en la pantalla, he entrado en Internet y he sacado información sobre ti...

—¿En serio? Me tienes que poner al día de la magia del siglo XXI, me has de enseñar a usar Internet —dijo el Mago Sabio—. ¿Qué más has averiguado?

—Poca cosa. La información que se da es muy general. En una página que he entrado, hay un artículo sobre los Magos Orfeo, Pitágoras y Empédocles. En él se califica a algunos magos de hombres divinos, por su capacidad de dominar los animales y superar los límites espacio-temporal humano (podía estar en dos sitios a la vez, por ejemplo). Otros magos posteriores podían curar ancianos, influenciar en el tiempo y convocar a los muertos, bla, bla, bla... Creo que no me interesa el resto.

—Mi especialidad son los límites espacio-temporales humanos.

Federico sintió que entraba en una aventura como los héroes que seguía en las series de televisión. Como su curiosidad podía más que él, el niño siguió preguntando:

—¿Como has conseguido llegar desde la antigua Grecia al siglo XXI? ¿Has viajado en el tiempo? ¿Has conseguido crear un universo paralelo en el que mi amigo Genio no esté y ocupar su lugar?

—Veo que eres un chico muy listo. ¿Cómo has sabido esto? ¿Lo has consultado por Internet mientras hablábamos?

—No, lo he visto en las películas. Pero si quieres podemos mirar por Internet.

—Para poder ver lo que sale en tu ordenador he de materializarme en tu habitación. Si me dejas salir, prometo no hacerte daño...

—Está bien, te enseñaré a usar Internet —dijo Federico—. Pero con la condición que luego me devuelvas al universo paralelo donde está Genio.

—Acepto —dijo el Mago Sabio.

Una imagen, que parecía una proyección, apareció en una de las paredes.

—Lo siento —dijo el Mago Sabio—. Sólo me puedes ver así. Mi cuerpo hace tiempo que está demasiado deteriorado para mostrar su aspecto real.

—Por mí vale —dijo Federico—. Hemos de darnos prisa. Si no bajo a desayunar antes de un cuarto de hora, vendrá mi madre enfadada...

—Tu madre no debe verme.

—¿Puede verte ella?

—Me temo que sí. No sé cómo lo hizo Genio para ser visible sólo para ti. Se lo pregunté pero no quiso decírmelo. No quería compartirte con nadie...

—Por algo sería...

—Es una larga historia. Ya te la contará él cuando os veáis.

Federico le explicó rápidamente cómo buscar información por Internet con Google o Mozilla Firefox. Buscaron «Universo Paralelo».

«Los universos paralelos son una concepción mental, en la que entran en juego la existencia de varios universos o realidades más o menos independientes. El desarrollo de la física cuántica...»

—No sigas, por favor —dijo el Mago Sabio—. Parece un trabajo de ciencias. No es eso lo que me interesa. Si no sales ahora mismo de tu habitación, tu madre nos va a pillar. Vete. Yo me encargo de apagar el ordenador y de esconderme en el armario hasta que vuelvas.

Federico estuvo todo el día preguntándose qué querría el Mago Sabio de él. Se preguntaba especialmente si cumpliría su palabra de devolverle a Genio. El día fue largo. Cuando por fin ya estuvo en casa y acabó los deberes, fue su amigo José Damián, que no sabía nada de sus amigos mágicos, a jugar con las figuras de acción. Aún jugaron durante media hora. Por fin llegó a su habitación.

—Ya puedes salir, Mago Sabio —dijo mientras enchufaba el ordenador.

—Ya estoy fuera —contestó la voz—. En realidad el armario es muy incómodo y he aprendido a hacerme invisible. Así, puedo estar donde quiera e ir donde quiera... Si lo prefieres, seguiré proyectándote la imagen para que sepas dónde estoy.

—Vale —dijo Federico—. Pero primero quiero saber qué has hecho hoy, dónde has estado y qué quieres de mí.

—Eso son muchas preguntas, muchacho. De momento necesito tu ordenador para seguir en contacto con un pirata informático que me ayuda a entrar en cualquier ordenador de todo el mundo...

—Eso es ilegal —protestó Federico—. No te voy a dejar mi ordenador para eso...

21

—Me temo que es demasiado tarde. Ya he entrado... Nosotros seremos los más ricos y poderosos del mundo.

—¿Cómo? No quiero. Devuélveme a Genio.

—Primero me tienes que ayudar. De momento sólo debo usar tu ordenador.

—¿Para hacer qué?

—Para conseguir el suficiente oro en este mundo. Cuando vuelva al pasado seré el mago más rico de la historia.

—¿Cómo piensas conseguir el oro? ¿De dónde?

—De los bancos de oro.

—Tú no podrás cogerlo y yo no voy a ayudarte... Aunque pierda a mi amigo para siempre...

—Sí que puedo —dijo el Mago Sabio—, aunque tú no puedas ver mi cuerpo real, eso no significa que no exista o que no pueda coger cosas...

Federico se acaloraba cada vez más tal y como avanzaba la conversación: cabeza cuerpo, piernas, manos, corazón...

—Hablaré con mis padres y denunciaremos esto...

—No te creerán. No tienes pruebas... Te tengo en mis manos. No puedes hacer nada.

Federico echó un vistazo a su ordenador y vio que el Mago Sabio había estado usándolo. Algunos iconos habían desaparecido. Aparecían otros nuevos. Abriendo Inicio aparecían funciones que no había visto antes. Todo estaba cambiado. Salió enfurecido de su habitación.

—Perfecto —dijo su madre que se lo encontró por el pasillo—. Has bajado puntual a cenar.

Se pusieron a cenar. Matilde, su madre, le preguntó a Damián, su padre, si sabía algo de sus joyas de oro.

—Es curioso he sacado de la caja fuerte unos pendientes y, cuando he ido a devolverlos dos horas después el joyero con todas las joyas de oro no estaba... ¿Las has llevado a limpiar?

—No —dijo Damián.

—Yo tampoco —dijo Federico que se puso rojo como un tomate.

—¿Hay algo que no nos hayas contado? ¿Tienes idea de qué ha pasado?

23

—Creo que sí —dijo Federico—. Esto lo arreglo yo...

Federico se fue corriendo a su habitación. Buscó al Mago Sabio y no lo encontró.

—Se habrá escapado... ¡Ojala no volviera!

Federico miró en los cajones y encontró la caja de las joyas de oro en el fondo de su cajón de los calcetines. La abrió y, todavía tenía todas sus joyas dentro.

—¡Qué he hecho! —pensó Federico—. He dejado entrar en casa a un ladrón que estará robando en toda la ciudad. Hay que parar esto y devolver las joyas.

Temblando de miedo y de vergüenza, Federico cogió la caja de las joyas y la puso encima de la mesa del comedor. Luego volvió a la cocina donde estaban sus padres. Ya estaba mucho más tranquilo.

—Ya está solucionado, mamá —dijo Federico—. Acabo de encontrar tu caja de joyas. Te la habías dejado encima de la mesa del comedor...

—¿Cómo puede ser que yo no me acuerde? —dijo Matilde.

—Trabajas demasiado duro —dijo Damián.

La madre, todavía incrédula, fue al comedor, comprobó que no faltaba nada y le dio las gracias a Federico aunque en su mirada había ciertas dudas. Damián y Matilde metieron las joyas en la caja fuerte otra vez.

Federico no podía dormir pensando en el lío que se había metido. El ladrón de oro no aparecía por ninguna parte. Federico buscó al ladrón de oro por la habitación y no estaba. Al final llegó a la conclusión que se había escapado por la ventana y estaba haciendo travesuras por la ciudad.

Encendió el ordenador. Consiguió acceder a los últimos programas que había usado el Mago Sabio. Consiguió contactar con el pirata informático que había ayudado al Mago Sabio y acceder a «Viajar a través del tiempo» y a la función «Cambiar a un mundo paralelo». Apareció la opción «presente, pasado o futuro». Clicó «presente».

Federico notó que algo extraño estaba pasando. Notó cierto mareo y cierto cambio en la iluminación. Era su habitación, pero todo estaba cambiado.

—¡Genio!

—¿Qué tal, amigo mío? —dijo la voz de Genio—. ¿Dónde estabas? Llevo más de doce horas sin verte. Desapareciste mientras tus padres dormían. Ellos creen que te han secuestrado. Están buscándote por toda la ciudad...

—He estado en un mundo paralelo. Un Mago Sabio de la antigua Grecia está usando mi ordenador para localizar oro y robarlo. Tenemos que ir allí y pararlo.

—Primero tienes que llamar a tus padres para avisarles de que estás bien. Busca una buena escusa.

Federico llamó a sus padres y les explicó que ya estaba de vuelta a casa.

—¿Cómo te vas sin decir nada? —preguntó su madre.

—Me ha llamado un compañero para estudiar. No quería despertaros y os he dejado una nota sobre la mesa de la cocina. Por lo visto, del aire de abrir la puerta, la nota se ha caído al suelo y no la habéis

25

visto. Cuando he venido la he encontrado en el suelo. Estábamos tan a gusto estudiando que hemos comido allí. Lo siento, tendría que haber llamado...

—Desde luego... No lo vuelvas a hacer.

Federico fue a la caja fuerte y comprobó que las joyas estuvieran allí. Luego encendió su ordenador y comprobó que todos sus programas estuvieran en su sitio. Sin embargo había un icono de un programa que él no había instalado «Viajar a través del tiempo».

—Genio, necesito tu ayuda —dijo Federico—. He de volver al mundo paralelo y pararle los pies al Mago Sabio para evitar que siga robando oro. Es malvado y, si vuelve al pasado con el oro, puede hacer barbaridades... Tenemos que ir y evitarlo.

—De acuerdo.

Federico clicó «Viajar a través del tiempo» y «Viajar a un mundo paralelo». Apareció la opción: «presente, pasado o futuro». Clicó «presente».

Federico estaba de nuevo en su habitación tras cierto mareo y cierto cambio en la iluminación.

Exploró su habitación y no encontró al mago malvado. Federico contactó con el pirata informático y averiguó los lugares que el ladrón de oro visitaría y lo que quería robar en cada sitio.

—Buen trabajo —dijo Genio—. Ahora con ayuda de mi magia crearemos un bucle temporal. Pondremos al ladrón de oro en un bucle. El día anterior a introducirse a tu ordenador. Entonces no podrá robar, no podrá venir del pasado y el mundo seguirá en paz. Cuando consigamos eso, hay que devolver lo robado a sus antiguos dueños.

En primer lugar Federico y Genio se trasladaron a cada uno de los lugares hasta que dieron con el Mago Sabio. Federico no podía ser visto para evitarse problemas. Para que Genio pudiera realizar su magia Federico tuvo que acercarse mucho al Mago Sabio. Había otro problema añadido: el Mago Sabio estaba en estado invisible y sólo Genio podía verlo. Era Genio quien orientaba a Federico. El Mago Sabio, que percibió una presencia, atacó. Federico salió despedido contra una pared y dejó de ser invisible.

—Lo siento chico —dijo el Mago Sabio—. No sabía que eras tú. ¿Cómo me has encontrado?

—Por el ordenador.

—Ya sabía que eras un chico listo. Por fin te has animado a hacerte rico y poderoso. Con este oro tú y yo viviremos como reyes. De cuando en cuando vendré a través de tu ordenador y... cogeremos más oro. ¿Para qué necesitas a ese estúpido duende?

—¿Me dejas ver las joyas? —dijo Federico.

—Vale, te las dejo ver, pero ten cuidado con ellas... —dijo el Mago Sabio y le lanzó la bolsa con las joyas robadas.

Federico las miró y no dijo nada. Esperaba el efecto del conjuro de Genio. Pasados unos largos minutos el Mago Sabio desapareció. Acababa de entrar en el bucle temporal.

Federico y su duende estuvieron toda la noche en estado invisible yendo de un lugar a otro, siguiendo un plano de la ciudad para devolver las joyas robadas a sus primitivos dueños.

Por suerte el día siguiente era sábado y a la madre de Federico no le importó que estuviera toda la mañana durmiendo.

Cuando por fin despertó de su agotamiento Federico quiso limpiar su ordenador de viejos programas. Genio le permitió que eliminase todo lo relacionado con el pirata informático y el robo de joyas pero no le dejó quitar *Viajar a través del tiempo.*

—El Mago Sabio vivirá siempre con la ilusión de ser rico pero no nos volverá a molestar. Si quitas la opción *Viajar a través del tiempo*, no podremos volver y no la sé volver a crear... La podemos necesitar.

—Está bien. ¿Seguro que no tendremos ningún problema?

—Seguro.

Federico estaba un poco confuso pero decidió confiar en su amigo.

2. EL PROFESOR DE TAEKWONDO

Una nueva ilusión apareció en la cabeza de Federico: el taekwondo. Sus padres inmediatamente le apuntaron a un gimnasio donde se impartían artes marciales. Su amigo José Damián se apuntó también. José Damián no pasó del cinturón blanco y, a los tres meses, se lo dejó. Federico, en cambio, a los tres meses ya tenía el cinturón amarillo. Le gustó la disciplina. Se trabajaba tanto el deporte como la protección y la autoconfianza. En pocos meses ya quería ser campeón de taekwondo.
Genio lo animó.

—Me parecería perfecto que fueses experto en artes marciales.

—Participaré en campeonatos y seré rico y famoso —decía Federico emocionado—. En tres meses he conseguido el cinturón amarillo. En cinco o seis meses más conseguiré el cinturón naranja. Al

29

cabo de nueve meses, el verde; un año más y ya tendré el azul. Para el marrón necesitaré un año y medio más. Y dos años más para el negro. En seis años seré un campeón...Lo sé, lo he buscado por Internet.

Genio no dijo nada. Estaba un poco triste, estaba esperando la mejor forma decirle lo que ocurría. En su trabajo de ayudar a la gente usando la magia no podían ser famosos ni conocidos.

Federico compartía sus clases de taekwondo con sus partidos de fútbol, sus amigos y sus estudios. El tiempo libre que tenía después de sus aventuras con Genio, era para los juegos de consola. Era bueno en los juegos. En mucho menos tiempo que sus amigos se pasaba los juegos. Sus amigos le admiraban e iban a su casa a jugar con él. Otras veces él iba a casa de sus amigos. Su vida transcurría tranquila y sin demasiadas preocupaciones.

La fuerza de Federico aumentó consi-derablemente. Cuando su madre no podía levantar algo o una puerta se atrancaba, llamaba a Federico y se lo resolvía en un momento.

— ¡Tarzán!

—¡Allá vooooy!

Se lo pasaba muy bien en las clases de taekwondo. Aquellas horas eran las mejores del día. Él descargaba su adrenalina.

Una tarde, después de quitarse el traje de taekwondo y ponerse su ropa de calle, se escuchó un estruendo dentro del gimnasio. Los alumnos fueron allí.

—¿Qué está pasando? —preguntó Federico.

—Uno de los entrenadores se ha vuelto loco —le contestó alguien.

Federico pudo ver como uno de los profesores estaba pegando patadas, rompiendo espejos, tablones de madera y todos los materiales que había. Alguien se llevó a los niños rápidamente. Federico se quedó boquiabierto y no pudo hacer nada. Cuando llegó a casa estaba decepcionado.

—Me he quedado como una estatua, abobado. Tendría que haberle ayudado. Me han tratado como a un niño... Los héroes no actúan así...

—Eres un niño —dijo Genio—. Es perfectamente normal que te traten como tal. Has actuado como debías. De haber actuado de otra manera, hubieras descubierto nuestro secreto y estaríamos perdidos...

—¿Qué podemos hacer?

—Pon el ordenador y averiguaremos qué ha ocurrido después que salierais.

Federico puso en marcha el programa del ordenador y pudo ver lo sucedido. Los demás profesores tuvieron que reducir a Martín, que así se llamaba el profesor que se había vuelto loco, combatiendo. Estaban todos llenos de moratones.

Después llevaron a Martín al hospital y le administraron fuertes tranquilizantes. En aquel momento el enfermo estaba despierto. El médico entró en la habitación.

—Ya sé lo que me va a decir, doctor —dijo el profesor—. Así que ahórrese la molestia. Ya sé que me estoy muriendo.

—No tiene por qué ser así —dijo el médico—. Aún tiene una oportunidad si se deja las artes marciales y

31

hace otra cosa... podría hacer una vida bastante normal.

—Sin el taekwondo no merece la pena vivir. Es lo único que tengo: mis competiciones, mis alumnos...

—Usted verá. Yo de usted me lo pensaría.

Salió el doctor y ya le estaban esperando los compañeros del gimnasio para hablarle.

—¿Cómo estás Martín?

—¡No es posible! —interrumpió Federico—. Martín Navarro. Es uno de mis entrenadores. Es realmente bueno.

—No interrumpas y sigamos —pidió Genio.

Sus compañeros estaban hablándole de sus cosas. De repente todo el mundo se calló.

—¿A qué esperáis a decírmelo? —preguntó Martín.

—¿El qué?

—Que estoy despedido... De todas maneras, me estoy muriendo...

—¡Oh no! Por eso has perdido los nervios —dijo uno de los entrenadores—. Hablaremos con los padres. Estoy seguro que, cuando sepan tus motivos, no pedirán tu expulsión...

—¡Déjalo! —dijo Martín—. Ha dicho el médico que si quiero vivir, tengo que dejarme el taekwondo...

Todos se abrazaron y rompieron a llorar.

. . .

Federico y Genio, que estaban al otro lado de la pantalla, también se abrazaban y lloraban.

—¿Cómo podemos ayudarle? —preguntó Genio.

—Tengo una idea —dijo Federico—, pero no estoy seguro que sea buena...

—No tenemos otra cosa. Dime.

—¿Qué crees que dirían mis padres si me lo llevara a casa a vivir con nosotros unos días?

—Eso depende... A ti te vendría bien conocer todo tipo de artes marciales... Y a él le iría bien estar entretenido...

—¿Tú crees que mi madre dirá que sí?

—Depende del precio —dijo Genio.

Federico y su amigo estaban observando la pantalla del ordenador donde se reflejaba la habitación del hospital.

Entró una enfermera y le dio unas pastillas.

—Mañana, cuando pase el médico, si todo sigue igual recibirá usted el alta —dijo la enfermera que había hablado con el médico—. Si se toma las medicinas... Estará mejor en casa.

—Yo no estoy tan seguro...

—¿Qué?

—Bromeaba... —dijo Martín sin ánimo de dar explicaciones.

Genio tenía instrucciones claras para Federico.

—Tienes que hablar con tus padres si quieres que lo dejen quedarse a la habitación de invitados... tienes que pensar buenas razones para persuadirlos.

—¿Y si descubre nuestro secreto? —preguntó Federico—. Si está en la habitación de al lado, puede sospechar algo...

—¿Y si se lo dijéramos? —sugirió Genio—. Podríamos tener un aliado que supiera artes marciales y te protegiera en tus misiones. Últimamente son un poco arriesgadas...

—¿Tengo que hablar yo con él? No, no, y mil veces no...

Aquella noche Federico habló con su madre. Como no sabía cómo pedírselo comenzó abrazándola y pidiéndoselo por favor.

—Mamá, tengo que pedirte un favor —dijo Federico—. ¿Mañana me podrías acompañar a visitar a mi profesor de taekwondo que está al hospital?

—Claro —dijo ella—. ¿Qué le pasa?

—Tiene una extraña enfermedad y por motivos de salud tiene que dejarse el gimnasio. Está muy triste porque el taekwondo es toda su vida. Se va a quedar sin trabajo... Tal vez podríamos contratarlo para clases particulares...

—Son dos favores. Habría que hablarlo...

—Es el mejor, mamá. Participa en campeonatos mundiales y tiene la casa llena de recuerdos y premios... Está muy triste... No quiere volver a casa... No podríamos...

—Son tres favores... Ya veremos —dijo Matilde—. Por ahora, le haces una visita. Le damos nuestro número de teléfono y, si necesita nuestra ayuda, ya os llamará.

—Por favor...

Su madre empezó a relacionarlo todo.

—Un momento, ¿no será ese el profesor que trató de destrozar el gimnasio el otro día?

—Me temo que sí.

—Entonces ya sabes la respuesta, hijo mío —contestó su madre—. No podemos permitir que ese entrenador nos destroce la casa... ¿verdad?

—Sí.

.   .   .

Federico se fue a su habitación cabizbajo. Genio le estaba esperando.

—Voy a tener que usar mi magia mientras duermen —dijo Genio—. Yo puedo convencer a tus padres para que lo dejen quedarse y tengo que cambiar la actitud de Martín.

—No estoy de acuerdo —dijo Federico—. El ser humano tiene derecho a elegir y a equivocarse... No tenemos derecho a hacer eso, aunque sea por el bien.

—No te enfadaste cuando convencí a tus padres para que no te agobiaran...

—¿Tú me lo consultaste?

—No.

—¿Y por qué me lo consultas ahora?

—Porque yo no estoy seguro de que eso esté bien o no —dijo Genio—. Llevo tanto tiempo en la tierra... Ya empiezo a pensar como un humano.

—Está bien, hazlo... Pero ahora déjame en paz

35

—dijo Federico molesto.

Federico estaba agotado y se quedó dormido profundamente.

Al día siguiente no quiso llamar a Genio. Estaba enfadado. Se vistió rápidamente y bajó a desayunar.

—Cuando acabe de trabajar iremos a visitar a tu entrenador —dijo su madre.

—Le dan el alta hoy y no sé dónde vive...

—Está bien —dijo la madre—. Desayuna y vamos ahora.

Desayunaron y se fueron en silencio hacia el hospital. Cuando llegaron al hospital, había otra visita. Esperaron. Por fin, pudieron entrar.

—¡Hola chico! Gracias por venir —dijo Martín.

—¿Cómo está? —dijo Matilde—. Mi hijo se ha empeñado en venir...

—Estoy mejor —dijo Martín—. No podré seguir dando clase al gimnasio... He de ir a mi casa a enfrentarme con mis viejos recuerdos.

—¿Por qué no se queda en nuestra casa hasta que se encuentre mejor? A mí me gustaría aprender todo tipo de artes marciales (Karate, Taekwondo, Boxeo...). Usted podría darme clases particulares dos o tres veces a la semana, siempre que su salud no se resienta y no fuesen muy caras —dijo Federico todo de un tirón con miedo que su madre lo parara.

—¡Te las doy gratis! Me sobra dinero para vivir —contestó el profesor emocionado—. Sólo unas clases de cuando en cuando... No me pasará nada —dijo el profesor y miró a la madre de Federico—. Eso depende de tu madre...

—Está bien, pero sin olvidar el resto de tus responsabilidades —dijo Matilde.

Federico la abrazó.

—Gracias mamá, no te arrepentirás.

—Eso espero.

—¿Está segura? —preguntó Martín.

—Sí. A mi hijo le hace mucha ilusión—dijo Matilde—. Federico es muy bueno en informática y en artes marciales.

—Yo también —dijo Martín—. Además de entrenador de artes marciales soy programador. Si su hijo tiene ganas de aprender, yo tengo mucho para enseñarle...

—Cuando te encuentres mejor podrías trabajar de programador... —le dijo Federico a Martín.

—Tal vez.

Se fueron a casa del profesor a coger sus cosas. Le ayudaron y no le dejaron solo. Después fueron a la casa de Federico para instalar a Martín en la habitación de invitados. Cuando ya hubieron cenado y todo el mundo estuvo en su habitación. Genio le pidió a Federico que lo trajera.

—Dile a Martín que venga —dijo Genio—. Le necesitamos en nuestras misiones.

—Y si dice que no...

—Hay un hechizo para hacer que olvide.

Así fue como Federico le pidió a Martín que fuese a su habitación si quería compartir un secreto con él. Martín acudió encantado pensando que se trataba de un juego.

Ya en al habitación Martín aceptó el reto de entrar en el programa de ordenador para encontrar a

Genio. Siguió los mismos pasos que había seguido Federico tiempo atrás. El programa le pidió a Martín que creara una clave secreta. El entrenador escribió algo que Federico no pudo ver. Apareció un cuadro de escribir. Martín escribió sin dudar.

«¿Quién eres?»

«Un duende. Me llamo Genio.»

«¿Qué quieres de mí?»

«Necesito que nos ayudes a Federico y a mí a salvar al mundo. Necesitamos a un experto en artes marciales que proteja a Federico en sus misiones», escribió Genio.

«¡Vale! En realidad no tengo otra cosa que hacer...» decía Martín medio en broma, medio en serio.

«¿Entonces cuento con tu total discreción?»

«Sí.»

«¿Aceptas el trabajo?»

«Sí.»

Martín notó que algo le quemaba en la muñeca y en el cuello. Eran los implantes del collar y la pulsera que ponía Genio a sus colaboradores humanos.

—No te asustes —le dijo Federico—. Genio te acaba de instalar unos implantes mágicos para que pueda comunicarse contigo a través de tu mente. Luego, cuando vivas en tu casa, tendremos que instalar el programa de Genio en tu ordenador. Así podrás ver las imágenes que Genio nos muestra a través de la pantalla del ordenador sobre nuestras misiones.

—¿Qué misiones?

—Ya te enterarás —le contestó Federico.

—Estuvieron hablando hasta las tres de la madrugada. Como al día siguiente no había colegio, los padres no protestaron por la hora y Federico pudo explicarle a Martín con detalle cómo funcionaba el programa de Genio. Genio era ambas cosas, amigo y programa de ordenador.

—Genio y tú me habéis devuelto la alegría de vivir —dijo Martín—. Gracias.

Muy pronto Martín quiso volver a su casa. Por fin Martín había encontrado la ilusión por vivir que le hacía falta. A partir de entonces Genio y Federico contaban con un miembro más en su equipo.

3. ALGO EXTRAÑO ESTÁ PASANDO EN EL CIRCO

Federico y su amigo Genio contaban con por primera vez con otro miembro en su equipo. Martín, el entrenador de artes marciales retirado por enfermedad, era la persona ideal. Él ayudaría a Federico cuando tuviera problemas en sus misiones. Además, Genio y Federico le proporcionaban al entrenador esa ilusión que necesitaba para salir adelante en aquellos momentos de su enfermedad: salvar el mundo era una ilusión por la que merecía la pena vivir.

Genio pensó que, dada la peligrosidad de algunas de sus misiones, Federico necesitaba ser entrenado en artes marciales. Empezaron las clases. Federico iba todos los días a casa de Martín. Practicaban artes marciales, contactaban con Genio, veían imágenes a través del ordenador de Martín y acababan la misión del día.

La madre de Federico le dejó ir con la condición de que hiciese los deberes antes de practicar artes marciales e informática (en teoría Martín le daba clases de informática). Federico hacía los deberes, estudiaba si hacía falta, e iba a jugar con sus amigos. Aunque, a veces, las cosas se complicaban como ocurrió aquella vez que fueron al circo.

—Hoy vamos a ir a circo —les dijo Genio—. Hay que infiltrarse en la gente del circo para averiguar algo. El Gran Circo permanecerá una semana en la ciudad. Algo extraño está sucediendo...

—Estupendo —dijo Federico medio de broma, medio en serio—. Miraremos la actuación y luego ya nos infiltraremos.

—Si quieres ver la actuación, has de pagar entrada, como todos —le contestó Genio.

—Pero nosotros salvamos el mundo... —protestó Federico.

—Los verdaderos héroes no cobran por sus servicios... —dijo Martín—. Pero como te hace tanta ilusión, te invito al circo. Yo pagaré las entradas.

—De acuerdo —dijo Genio—. Así si os pillan, podréis disimular y decir que sois admiradores.

Encendieron el ordenador en casa de Martín donde estaba instalado el programa de Genio. Se vieron imágenes de la gente del circo. Pero no eran las que Federico esperaba. No había carpa ni trajes brillantes. Sus caras estaban sudadas y tristes. Gente ensayando lo mismo una y otra vez, como si alguien les obligara. Mirando las imágenes no se podía distinguir si realmente pasaba algo malo.

—¿Qué está pasando de malo? —preguntó Martín.

—Creo que hay gente mala entre los artistas de verdad —dijo Genio—. Vais a ir a la sesión del sábado a las cuatro de la tarde. Después de la actuación os colaréis, os haréis invisibles y os mezclaréis entre la gente del circo.

El sábado siguiente, después de pedir permiso a los padres de Federico, Martín llevó a Federico al circo. Fue una tarde fabulosa con la que Federico llevaba tiempo soñando. Se sentaron a primera fila y a Federico le temblaban las manos de tanta emoción. Se encendieron las luces, se escuchó la música y una voz en off que anunciaba al circo.

«El Gran Circo Mundial presenta este año a Su majestad el Circo, un nuevo espectáculo circense internacional de la más alta calidad con payasos, faquires, contorsionistas, malabaristas, hula-hop, equilibristas, magos y animales en libertad.»

Unos caballos con jinetes bailaban y hacían piruetas al ritmo de la música. El público los acompañó de fuertes aplausos.

—Siempre quise tener un caballo —murmuró Federico.

—Mi amigo tiene tres caballos —dijo Martín—. Si quieres podemos ir a montarlos un día de éstos.

—¿En serio?

Dejaron de hablar porque ya habían acabado de poner la alfombra roja y el malabarista ya estaba en la pista. La voz en off no paraba de hablar. El malabarista ya había empezado. Lanzaba al aire tres pelotas y les daba vueltas.

—Yo también sé hacer eso —le dijo a Martín.

Luego el malabarista hizo lo mismo con cuatro y con cinco pelotas, con tres balones de fútbol, con cinco anillos, con tres birlas, con tres antorchas encendidas... Federico se quedó con la boca abierta.

—Seguiré practicando...

Actuaron unos payasos que gastaron una broma al niño que había al lado de Federico y tanto Martín como Federico se partieron de risa.

Salió un equilibrista con bicis de una rueda desde muy pequeñas a altísimas. A Federico le impresionaba tener a su lado a aquel hombre balanceándose a más de tres metros de altura. Por suerte consiguió acabar el ejercicio. Todo el mundo aplaudió con una amplia sonrisa de sorpresa en los labios.

Un mago fue anunciado e hizo los dos números que más miedo han dado siempre a Federico: la chica que parecía que era troceada y la chica que desaparecía. Todos los niños de primera fila hablaban sobre cómo podía su cuerpo desaparecer si su cabeza seguía allí... Ninguna tenía sentido.

Luego una contorsionista muy joven que tenía pocos años más que Federico hizo su actuación. Era asombroso lo que aquella guapa chiquilla podía hacer. Cuando acabó sus ejercicios, Federico fue el primero en aplaudir con fuerza.

—¡Bravo! —gritó Federico.

Estaba tan cerca que la chica le guiñó un ojo y Federico enrojeció.   La muchacha se fue hacia dentro muy contenta. Martín se lo pasó en grande.

Hubo diez minutos de descanso mientras el equilibrista preparaba la siguiente actuación. La gente compró palomitas recién hechas, bebidas frescas y los niños se compraron globos de gas helio y juguetes luminosos. Federico se compró palomitas y Martín tomó un refresco de lata. Federico le preguntó a Genio si ya podían entrar en acción.

—¿Ya podemos?

—Todavía no —contestó Genio—. Ya os avisaré.

Empezó de nuevo la actuación. El equilibrista apareció de nuevo. Hizo varios números con tablas y rodillos. Estaba mucho más serio que en el ejercicio anterior. Con mucha concentración consiguió acabar el ejercicio y la gente aplaudió emocionada. Federico apenas podía aplaudir porque tenía un puñado de palomitas en la mano.

Los payasos empezaron su actuación. En medio de la actuación comenzaron a lanzar pelotas de trapo a los niños y estos las devolvían. Todo el público participó en el número. Federico consiguió tocar al balón dos veces. Tanto niños como mayores participaron en el número con una sonrisa.

Luego le tocó el turno a los faquires. Federico se impresionó cuando se pasaba la llama por sus brazos y no se quemaba. Pero cuando se metieron el fuego por la boca, Federico pasó miedo. Al primer faquir se le apagó la bola de fuego enseguida, pero la mujer faquir tardó unos segundos más. La artista sonrió pero Federico estaba convencido que la mujer faquir se había quemado...

—¿Qué se pondrán en la boca para evitar quemarse? —preguntó Federico a Martín.

—Ni idea...

Finalmente saludaron los faquires sonriendo con sus dientes blancos, Federico se alegró.

—Parece ser que todo va a salir bien...

Anunciaron a la chica del hula-hoop. Era capaz de hacer rodar hasta veinte aros a la vez. Su ejercicio fue perfecto. Estaba siempre pendiente que no se le cayera ningún aro. Federico sintió que la chica tenía una sonrisa forzosa. La bonita chica que antes le había guiñado un ojo a Federico, ni siquiera lo miró entonces.

—Hay algo que no me gusta —exclamó Martín.

—¡Espera! Luego lo averiguamos. Espera el final de la actuación, por favor.

Los equilibristas eran también muy jóvenes. Ambos daban vueltas y hacían equilibrios sobre una rueda que no paraba nunca. Federico no pudo evitar perder la concentración durante la actuación cuando el equilibrista miró hacia el interior como si hubiera aparecido alguien inesperado.

Federico miró a su alrededor y Martín no estaba allí. Federico se puso nervioso. Se fue a un rincón de la carpa e intentó telefonear a Martín. No hubo respuesta. El portero le llamó la atención.

—Apaga el móvil, por favor.

—Lo siento —dijo Federico y obedeció al hombre.

Federico volvió a su silla hasta que el espectáculo acabó. No pudo hacer nada más porque el portero lo estuvo vigilando todo el tiempo.

Gente disfrazada de personajes de la televisión apareció en el escenario. Bailaban y saludaban a los niños.

Luego apareció un chico bajito que bailó una danza argentina con boleadoras que sonaban sobre un tablón. El poco tamaño del chico contrastaba con la complejidad de la danza. La gente le dio un fuerte aplauso.

Se anunciaron las enormes serpientes domésticas y no venenosas. Sacaron una gran pitón bola de un baúl. La llevaban entre dos chicas entre el público y casi todo el mundo tocó su lomo. Federico sintió algo extraño cuando tocó el reptil. Los niños de la primera fila no pudieron evitar un escalofrío cuando vieron a la serpiente suelta a mitad del escenario. La siguiente serpiente salió de otra caja. Fue una boa constrictora con bonitos colores pero mucho más grande que la anterior. La gente tocó la serpiente y la dejaron en mitad del escenario también. La gente levantaba los pies del suelo y las miraba de reojo por si escapaban. Por suerte, las serpientes no se movieron. Un minuto después las retiraron del escenario.

La voz en off anunció el final de la actuación. Salieron todos los artistas a saludar. Todo el mundo aplaudió con fuerza. Los niños se acercaron al escenario a fotografiarse con los artistas. Otros comenzaban a buscar la puerta de salida. Federico aprovechó el desorden para esconderse donde nadie le veía. Recibió un mensaje con el móvil.

«Ya sé porque estaba triste la chica del hula-hoop. Ahora estoy en la caravana amarilla procesando información. Puedes comunicarte conmigo a través de Genio. No me llames ni me mandes mensajes al móvil, que podrían oírnos...», le escribía Martín.

«Vale», escribió Federico.

Federico le pidió a Genio que le hiciera invisible para meterse dentro de las caravanas de los artistas y escuchar. Pero antes se encontró con unos trajes de payaso y, como no había nadie, se puso uno. Le quedaba bien. Se hizo invisible. Alguien apareció en la habitación y le habló.

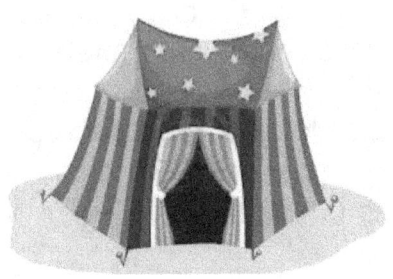

—¡Date prisa! Hemos que servir a esta gente o tendremos serios problemas —le dijo un niño.

Federico que no recordaba haberse vuelto visible no contestó y actuó igual que el otro pequeño. Federico presintió que algo no iba bien...

Los dos niños se acercaron con unas bandejas a una caravana donde había unos hombres con pinta de los matones de las películas que trataron a los niños muy mal.

Federico no hablaba pero el otro niño no paraba de hablarle.

—¿Qué te pasa, Joselu? ¿Me podrías decir algo?

—Déjame adivinar —dijo un hombre que apareció detrás de ellos—. Este chico no es Joselu...

Federico se desconcertó. Estaban ocurriendo demasiadas cosas raras. Primero, se vuelve visible sin él pedirlo. Segundo, lo identificaron mientras llevaba puesta una máscara.

—¡Ah! —dijo el hombre—. Permíteme que me presente. Soy el mago Fadón, el único mago en el mundo que puede hacer todo tipo de magia, desde juegos de manos a viajar en el tiempo o ver lo invisible.

—Disculpe, señor —dijo Federico—. Yo sólo quería conocer el circo. He entrado a mirar en una caravana. Tenía curiosidad. He encontrado el traje. Por favor, ¡no se lo diga a mis padres!...

—¡Vale!, pero con una condición. Yo no diré nada si tú no cuentas a nadie lo que has visto aquí dentro...

—¡Hecho! —dijo Federico.

—Quítate el traje y vete de aquí...

.   .   .

Todo se hizo oscuro. Federico apareció a la habitación de su propia casa.

—¿Por qué me has sacado de allí? —preguntó Federico.

—Porque estaba a punto de verte la cara —dijo Genio—. Y porque tu madre cree que ya has vuelto de casa Martín y, ya te ha llamado dos veces para cenar...

En ese momento, Federico y Genio observaron las imágenes en la pantalla del ordenador.

—¿Quién es ese niño? —preguntó uno de los matones.

—Creo que sólo es un niño curioso.

—No estoy seguro —dijo otro matón—. Fadón se está haciendo cargo de eso.

—Tú procura que esta noche todo esté listo para hacer la entrega y mañana nos vamos a otra ciudad. Recuerda. A las diez los esperamos aquí.

.   .   .

—¿Dónde está Martín? —preguntó Federico.

—Está vigilando a los matones —dijo Genio—. No te preocupes, baja a cenar. Estoy en contacto con él y todo está bajo control.

Federico se sintió celoso y enfadado. Martín se llevaba la misión importante, mientras que a él lo habían mandado a cenar como a un niño pequeño.

Cuando volvió de cenar miró a la pantalla de su ordenador. Martín había llamado a la policía. Ésta había acudido a tiempo y había detenido a los traficantes de drogas. Algunos matones habían escapado de la policía pero Martín ya había conseguido que los atraparan usando artes

49

marciales. Nadie había visto a Martín ya que estaba invisible.

—Hora de regresar a casa a Martín —dijo Genio.

—Y, ¿qué pasa con el mago Fadón? —preguntó Federico—. ¿Sabéis dónde está?

Genio preguntó a Martín. Federico oía las respuestas a través del ordenador.

—¿Quién es Fadón? —preguntó Martín—. No había ningún mago entre los matones. Sólo cuatro personas...

—Había cuatro en la mesa y también un mago —dijo Federico.

—Tengo un mal presentimiento —dijo Genio—. Mira en tu ordenador, en «Programas recientes».

Federico hizo lo que le pedía. El programa de «Cambiar a un mundo paralelo» había sido usado recientemente.

—No me dirás que Fadón ha usado mi ordenador para viajar en el tiempo —dijo Federico—. ¿Y cómo ha llegado hasta mi ordenador?

—A través de ti —dijo Genio—. Antes, cuando te he traído a ti, me temo que he traído a él también...Ha estado invisible en tu habitación y, cuando ha visto que iba a intervenir la policía ha viajado a una dimensión paralela...

—Podemos viajar nosotros también en el tiempo y pillarle... —dijo Federico.

—Sí, podríamos —dijo Genio—. Pero es muy arriesgado... El Mago Fadón es muy listo... Ya veremos, me lo pensaré.

Luego regresó Martín y les explicó toda la trama. «Hacía tiempo un mago fabuloso cayó enfermo. Era padres de dos niños y una niña: la niña del hula-hoop, Joselu y el pequeño niño vestido de payaso. El circo estaba arruinado. Apareció el mago Fadón y se ofreció a sustituir al enfermo gratis. Unos matones se hicieron cargo de las deudas del circo y convirtieron en los dueños del circo. Viajaban con ellos para hacer sus negocios ilegales. Tenían amenazados a los artistas para que no fueran a la policía.»

—¿Qué pasará con los artistas? —preguntó Federico.

—El circo seguirá así —dijo Martín—. Algún día tendrán que pagar sus deudas a los matones.

—¿Y qué hay de los tres niños y de su padre?

—Yo me haré cargo de ellos hasta que su padre esté bien —dijo Martín—. Siempre he querido trabajar en un circo y viajar.

—¿Eso significa que voy a tener que salvar al mundo yo sólo otra vez? —preguntó Federico—. Estaba furioso porque te has llevado tú la misión importante pero no quiero que te vayas, somos un equipo...

—Sólo me iré un tiempo.

—¿Y quién me dará clases de artes marciales a mí?

—Repasa lo que ya sabes.

—Está bien —dijo Federico—. Cuando regreses, viajaremos a una dimensión paralela y atraparemos al mago Fadón.

—Sin problema —dijo Martín—. Pero, podría ser que el mago Fadón no fuera malo... Tal vez fuera alguien como yo, que quería ayudar a los niños, que se encontró con los matones y tuvo que seguirles el juego... A veces, las cosas no son lo que parecen.

51

1. EL HIJO DE LA MENDIGA

Las fiestas de cumpleaños de Federico siempre eran un buen recuerdo. Cuando era pequeño invitaba a toda la clase y hacían una fiesta monumental en el garaje de su casa. Tal como había crecido en edad había disminuido el número de niños y había aumentado la sofisticación de los regalos.

La noche anterior a su cumpleaños estuvieron papá, mamá y él sentados en el sofá hasta tarde recordando cómo fue el nacimiento de Federico, sus primeras palabras, lo que sintió su padre cuando le tuvo en brazos, la emoción de su madre cuando pudo tocarlo por primera vez...

Al día siguiente era sábado, Sus padres estaban cansados. Sin embargo Federico se levantó temprano y ya estaba delante del ordenador con Genio.

—Feliz cumpleaños, amigo —dijo Genio.

—Gracias —dijo Federico—. Mira qué me han regalado ¿Hacemos una partidita? ¡Venga, empezamos! Tú me dices qué carta he de mover y yo la muevo...

Genio jugó sin ganas. Jugaron cinco partidas. Genio no tenía ni idea del juego ni ganas de aprender. Ganó por casualidad una partida, mientras que, Federico ganó cuatro y se lo pasó en grande.

—¡Es fantástico! Es una lástima que no pueda contárselo a mis amigos.

—Hablando de amigos —dijo Genio—. ¿Qué ha pasado con Juan, "el hijo de la mendiga"? ¿Lo has invitado a tu fiesta como querías?

—No he podido —dijo Federico—. Mamá dijo que si venía él no había fiesta. Lo padres de mis amigos dicen lo mismo... Ellos no quieren que venga a casa por si después les roban...

—Pero tú, a veces juegas con él al patio de recreo, le dejas tus cosas y nunca te ha robado nada...

—Tal vez lo que dicen sea mentira... —admitió Federico. Sin embargo, lo siento... Yo quiero una fiesta de cumpleaños y regalos. Jugaré con él al parque o al patio.

—Eres un egoísta, Federico —exclamó Genio—. ¿Qué es más importante hacer algo justo o tener unos regalos más?

Federico no contestó. Seguía jugando. Casi no escuchaba. Federico sólo se comportaba como un niño de su edad. Al final Genio lo dejó en paz jugando.

Ya solucionaremos lo de Juan otro día. Sigue jugando y disfruta de tu fiesta de cumpleaños.

Matilde, la madre de Federico estuvo comprando la tarta, los bocadillos, las bebidas, los globos. Ella cocinó un montón de comida. Y todo estaba listo. Federico probó el chocolate de la tarta para asegurarse que estaba bueno. Luego la decoró con dulces de colores y, finalmente, puso las velitas encima...

Una hora antes de que llegaran los invitados ya estaba todo listo. Federico se llevó algo de comida a su habitación para que Genio celebrara su cumpleaños. Olvidó que Genio no podía comer.

—¿Dónde estás, amigo mío? —preguntó Federico—. ¡Ojala pudieras estar en la mesa con el resto de mis amigos!

No hubo respuesta ni de Genio ni del programa de ordenador. Federico pensó que Genio estaba molesto porque no le había hecho caso cuando Genio quiso que solucionaran el problema del "hijo de la mendiga".

—Genio, vuelve. No lo haré nunca más. Por favor, será el peor cumpleaños de mi vida si tú no estás conmigo. No me abandones, por favor.

Federico llamó a Genio pinchando con la uña sus implantes mágicos en la pulsera y el collar. No hubo respuesta. Federico estaba cada vez más preocupado. Buscó en su habitación posibles restos

54

de Genio o posibles pistas que hubiera podido dejarle. No había nada.

Luego pensó que la posible pista de Genio tenía que estar en su ordenador. Se puso a explorar. El programa de Genio no funcionaba. Abrió, miró y cerró cada uno de los programas sin hallar nada. Miró en «Programas recientes» en su «lista de Inicio» y observó que el programa de el programa «Viajar a través del tiempo» había sido usado. Federico presintió que nada bueno le había pasado a Genio. Además era incapaz de celebrar su fiesta de cumpleaños sin su amigo.

«Podría fingir enfermedad y suspender la fiesta. Pero sería injusto para mi madre que ha estado trabajando todo el día para mí. Y también decepcionaría a mis amigos. Es peligroso pero, no me queda otra opción...»

Federico usó «Viajar a través del tiempo» y la opción «Viajar al pasado» en el programa de Genio y, unos minutos después, observó que seguía estando en su habitación. Al principio pensó que se había equivocado pero luego observó que había cosas cambiadas del sitio anterior y Genio estaba con él.

—¿Qué ha pasado, Genio? —preguntó Federico—. Hace un momento no había manera de contactar contigo y, de repente, estás aquí, como si nada pasara.

—Has viajado al pasado —aclaró Genio—. Estamos dos días antes de tu cumpleaños. El problema de Juan es realmente importante. Hemos

55

de solucionarlo. No es justo. Juan no debería pagar por lo que hacen sus padres.

—Sus padres tienen muy mala fama por aquí —dijo Federico—. Y, si me ven con él, yo tendré problemas con mis padres...

—Podemos hacer que las cosas cambien, que la gente cambie su opinión sobre ese chico...

—¿Cómo?

—De momento, evitando que algunos chicos de tu clase le den una paliza.

Hubo un silencio. Aparecieron en la pantalla del ordenador imágenes del partido de fútbol de la hora del recreo. Todos estaban sudorosos y con ropa deportiva. Aquel día había tocado educación física y estaban cansados, jugado sin demasiadas ganas. Federico se vio a sí mismo jugando. Todos los chavales de las clases de quinto y sexto de primaria participaban en el partido. Federico se fue al lavabo unos momentos.

Observando la pantalla del ordenador pudo ver lo que había pasado aquellos minutos que él había estado ausente. Juan le dio una patada involuntariamente a un compañero del equipo contrario. Le pidió perdón. El otro le dio la espalda a Juan mostrándole su desprecio. José Damián, que actuaba de árbitro, pitó "falta".

—Ha sido sin querer —dijo Juan—. Ya le he pedido perdón. ¿Qué más quieres?

—Expulsión por una semana, por protestar —dijo uno de los cabecillas del grupo.

—El otro día tú me pegaste una patada y no me pediste disculpas. El árbitro no pitó falta —dijo Juan al cabecilla de grupo.

—Por eso soy yo el que manda —dijo el cabecilla de grupo—. Vete y no vuelvas.

El cabecilla de grupo le dio una fuerte patada a Juan. Juan lloraba en un rincón. Alguien se lo dijo al profesor. Éste castigó al cabecilla del grupo sin jugar. Cuando nadie le veía, le habló a Juan.

—Por tu culpa me han castigado. A la tarde, a las ochos nos veremos las caras a las cuatro esquinas.

Cuando Federico volvió del aseo todo había pasado. Por eso al día anterior no se había enterado de nada.

Genio y Federico siguieron observando los acontecimientos a través del ordenador. Aquella mañana no había pasado nada interesante hasta que alguien le contó al padre de Juan lo que había pasado en el patio y que Manel y Juan iban a pegarse.

—Hay un problema —advirtió Genio—. Me temo que el cabecilla de grupo sabe taekwondo...

—Es cierto —dijo Federico—. Cuando yo iba a clases al gimnasio Manel, el cabecilla, y Juan, "el hijo de la mendiga", iban también. Los dos eran buenos. ¡Menudo problema!

—Nada si tú lo evitas, Federico —le recordó Genio—. Tú también eres muy bueno en taekwondo, ¿recuerdas? Tal vez debería hacer regresar a Martín...

Estas palabras hirieron el amor propio de Federico. Llevaba tiempo queriendo demostrar lo bueno que era. Genio no dijo nada más. Sin embargo, Genio se puso en contacto con Martín a través de sus implantes y su mente. Genio le pidió a Martín que a la ocho debía estar en estado invisible a las cuatro esquinas. Martín usaría «Viajar a través del tiempo».

—Mis compañeros de clase no deben verme. Tendré problemas si se enteran que le he ayudado a Juan. Manel es el líder y todo el mundo le obedece porque le tienen miedo.

—Irás invisible —dijo Genio—. A ese Manel hay que pararle los pies si no la historia de Juan se volverá a repetir...

—Está bien. Pero, ¿cómo lo paramos? —preguntó Federico—. Yo también pertenezco a esa clase y no puedo evitar tenerle miedo a Manel.

—De momento has de usar artes marciales. ¿Te acuerdas de aquella vez que apareciste como el Ranger Walker y tumbaste a todos los matones?

—Sí, es verdad, lo puedo hacer si tú me ayudas con tu magia.

—Está bien.

Federico se tranquilizó un poco. Él estaba preocupado por la fiesta de su cumpleaños.

—¿Seguro que llegaremos a tiempo para mi cumpleaños?

—Seguro —dijo Genio—. Estamos en el pasado, podemos volver al presente en cuanto queramos...

—¿Y si llegamos demasiado tarde?

—Atrasaremos el reloj del tiempo...

—¿Y si nos equivocamos? ¿Has hecho antes eso? ¿Cómo sabes que funcionará?

Genio no contestó. Era evidente que Federico estaba creciendo. Aparecían los síntomas de la pre-adolescencia.

Llegó la hora de la cita.

—Espera —dijo Genio—. Tienes que ver esto.

Estaba Juan junto a Javier, su padre, en plena calle. Su padre le hablaba a Juan.

—Vas a ir a las cuatro esquinas y le vas a pegar a ese chico una buena paliza. Nadie se burla de mi hijo... —decía el padre.

—No quiero pelearme —contestaba Juan—. ¿Cómo has sabido lo de la cita? Yo no te he dicho nada...

— Yo tengo mis espías...

—¿Para qué?

Federico y Genio observaban cómo Juan, muerto de miedo, era obligado a ir a la cita y a enfrentarse con Manel, el cabecilla de los chicos malos de la clase.

También pudieron observar cómo la pandilla de Manel estaba esperando a Juan. Ellos estaban dos calles antes del lugar de la cita para pillar a Juan por sorpresa. Lo que ellos no sabían era que el padre de Juan también iba con él.

—No podemos consentir que el padre de Juan les dé una paliza —dijo Genio—. El padre de Juan puede ser muy peligroso.

—Entonces lo que dice mi madre es verdad, ¿no?

—En parte —dijo Genio—. Como te he dicho otras veces, el pobre niño es buena gente y no tiene la culpa de lo que hace su padre.

—A su padre también tendríamos que pararle los pies...

—Ciertamente —dijo Genio—. Venga Ranger Walker, prepárate para actuar.

Los del grupo de Manel le pusieron la zancadilla a Juan y lo tiraron al suelo. Juan se cayó al suelo. Todos los chicos del grupo de Manel se abalanzaron sobre Juan. El padre de Juan estaba a punto de atacarles cuando apareció Federico disfrazado de Ranger Walker.

Federico-Ranger Walker tumbó a Manel y a su pandilla pero no consiguió hacer lo mismo con el padre de Juan. El pobre Juan estaba a en un rincón muerto de miedo.

Javier, el padre de Juan, era un profesional de las peleas y, no siempre, peleaba limpio. Javier estaba ganando el combate y amenazó a Federico-Ranger Walker.

—Si te gano, yo dicto las normas. En caso de ganar tú, las dictarías tú —le dijo a Federico-Ranger Walker que estaba perdiendo—. Cuando acabemos, mi hijo peleará con Manel. ¿Estáis de acuerdo?

—Sí —dijeron Manel y los de su grupo.

—Sí —dijo Federico-Ranger Walker que estaba en un rincón y clavó su uña en la pulsera de Genio.

Federico observó que alguien invisible le estaba ayudando, alguien experto en combate y más fuerte que Javier. Federico-Ranger Walker no dijo nada y fingió que era él el que golpeaba.

Cuando, por fin, el Martín invisible logró derribar a su oponente, Federico- Ranger Walker dictó las normas al padre de Juan.

—Tu gente y tú os buscaréis algo decente para trabajar y no volveréis a molestar por esta zona —dijo Federico—. Las madres no dejan jugar a los niños con Juan por tu culpa. ¡Ah! No obligarás a pelear a Juan si él no quiere... ¿De acuerdo?

—Sí —dijo el hombre.

Parecía ser que el honor del que ganaba la pelea era algo sagrado para él.

Federico no tenía ni idea de cómo arreglar el problema de Juan con los chicos de la clase. De repente, escuchó la voz de Juan.

—Voy a pelear con Manel —dijo Juan, que al ver que las cosas se arreglaban dejó de tener miedo—. Si gano yo, me dejarás entrar a la pandilla y ser uno de vosotros.

—Nuestros padres no nos dejan ir contigo porque tu padre hace cosas malas —dijo uno de los chicos.

—Ha dicho que cambiará —dijo Federico-Ranger Walker.

—Entonces, primero que cambie de vida y, después, ya veremos...

Juan se plantó delante de Manel.

—Pelea conmigo, cobarde... —le gritó.

Manel intentó golpear a Juan pero una mano invisible (la de Martín que seguía en estado invisible) le lanzó a gran distancia. Manel no se atrevió a levantarse del suelo, por primera vez en su vida no podía controlar la situación y accedió.

—Está bien, por mi parte, Juan puede venir con nosotros y le respetaremos, pero de nuestros padres, yo no respondo...

—Eso es una cuestión de tiempo —dijo Federico-Ranger Walker.

Manel y los de la pandilla se percataron por primera vez que aquel individuo que les había ayudado era un personaje de televisión. Tuvieron miedo.

—Un momento —dijo uno—. Este no es... ¡Vámonos, rápido!

—Prometemos portarnos bien —dijo otro.

Salieron todos corriendo.

—¿Qué está pasando? —gritó Javier.

También él se fue. Juan, en cambio, que aquel día se había hecho valiente, se acercó a Federico-Ranger Walker.

—Gracias.

—Tengo un mensaje de parte de Federico, el chico de tu clase —dijo Federico-Ranger Walker—. Le gustaría que fueras a su fiesta de cumpleaños mañana...

—¿Por qué no me lo ha dicho él esta mañana? —preguntó Juan.

—Es porque sus padres no le dejan invitarte...

—¡Lo sé —dijo Juan—. Entonces, iré al final, le traeré el regalo y, si me dejan, jugaré un rato...

—Buena idea —dijo Federico-Ranger Walker—. Lo vas a conseguir poco a poco...

Antes de despedirse, Juan le habló a Federico-Ranger Walker de lo que pensaba.

—Tengo la sensación de conocerte desde hace mucho tiempo —dijo Juan—. ¿Eres el Ranger Walker de verdad? ¿Cómo has aparecido?

—Demasiadas preguntas –dijo Federico-Ranger Walker—. Hasta otra... No te olvides de la fiesta de Federico...

Federico-Ranger Walker se fue andando y desapareció al doblar la esquina. Juan se fue corriendo detrás y ya no lo vio.

Federico y Genio ya estaban otra vez en su habitación.

—Gracias Martín —dijo Federico—. ¿Dónde estás? ¡Hazte visible de una vez!

Martín apareció visible en la habitación de Federico. Tanto Federico como Genio tenían un montón de preguntas.

—¿Cuándo volverás con nosotros? —preguntó Federico—. He de reconocer que sin tu ayuda no hubiera podido ¿Cómo te va con el circo?

—Me va bien. Volveré pronto. El padre de los chicos está mejor —dijo Martín—. He de volver al circo que me he dejado los chicos solos. Tú deberías volver a casa para llegar a tiempo de tu fiesta de cumpleaños...

—Es verdad. Adiós amigo.

Federico dio un abrazo a Martín y se acercaron al ordenador para viajar en el tiempo. Martín puso el reloj justo a la hora que había dejado a los niños y pulsó «Volver» en el teclado. Genio actuó con su magia.

Federico no recordaba exactamente cuando se fue. Puso el reloj del tiempo y regresó al momento que su madre le llamaba para su fiesta después de cambiarse de ropa.

—¡Qué guapo está mi chico! —dijo Matilde—. ¡Baja! Tus amigos están a punto de llegar...

—Espera, mamá —dijo Federico—. ¿Me prometes que no te enfadarás?

—Está bien.

—He invitado a Juan, el chico que llamáis «el hijo de la mendiga», si él se porta bien, ¿lo dejarás que se quede a la fiesta?

—Está bien, pero su padre...

63

—Él no debe pagar por lo que hace su padre... Su padre está cambiando...
—Está bien... Le daremos una oportunidad.

La fiesta de cumpleaños fue un éxito. Había bocadillos, galletas, pizza, aceitunas, albóndigas y variedad de cosas de picar sobre la mesa. Los amigos apenas tomaron un bocadillo y una bebida. A excepción de José Damián   acabó con las albóndigas y las galletas. Le trajeron cantidad de regalos.

Cuando llegó Juan con un regalo todos se pusieron muy contentos como si hubieran sido amigos siempre. La magia de Genio hizo que ellos olvidaran lo que ocurrió en las cuatro esquinas. Federico se puso muy contento y los chicos de su clase también. Juan comió con ellos y jugaron

64

juntos. Luego se fueron a jugar a fútbol todos juntos como si el día anterior nada hubiera pasado. La madre de Federico actuó amablemente con Juan. Algunas madres, que fueron allí hicieron lo mismo.

El primer paso ya estaba dado. Los otros cambios tenían que suceder poco a poco.

Tiempo después se enteraron que la madre de Juan, a la que llamaban «la mendiga» estaba trabajando para el ayuntamiento y el padre de Juan también trabajaba en un empleo decente. Las cosas estaban cambiando.

5. UN JOVEN EXTRAÑO

Federico tenía mucho carácter. Quería a su madre y a su padre con locura pero nada de lo que hacían éstos le parecía bien. Se quejaba de la ropa que le compraba su madre.

—Esa ropa no es bonita para un chico, no me gusta —le decía a su madre sin darse cuenta—. Si tú eliges tu ropa, ¿por qué yo no puedo elegir la mía?

—Porque no puedes ir siempre en chándal y camisetas —le decía su madre—. Alguna vez te has de poner vaqueros, camisas, jerseys y ropa elegante.

—No, no, no….

Su madre cogía enormes disgustos cada vez que el niño se negaba a hacer lo que ella le pedía. Federico se quejaba y su madre también.

—Yo siempre tengo que hacer lo que tú dices tanto si me parece bien o no —se quejaba Federico—. Mi opinión no es respetada.

—Si no obedeces a la primera es una falta de respeto a tus padres —decía Matilde.

Federico se disculpaba y se daban un fuerte abrazo. Prometían intentar no volver a enfadarse.

Al cabo de un rato Federico se negaba a hacer lo que sus padres le mandaban y como contestaba inadecuadamente, volvían a castigarlo.

—Vamos a estar una tarde entera sin hablar —dijo el padre—. Iremos al teatro todos juntos, como debe estarlo una familia...

Llegaron al teatro en un polideportivo. La madre quería sentarse a primera fila. Federico, que siempre reaccionaba haciendo lo contrario, quiso sentarse al final para ver la reacción del público. Se pusieron a discutir de nuevo. Ninguno de los dos cedía. Al final el padre trató de reconciliarlos sentándose a mitad.

Como llegaron pronto, pudieron elegir sitio. Apenas había unos niños a primera fila. Sus correspondientes padres a las filas siguientes y unas veinte personas repartidas entre el centenar de sillas de plástico. Hacía calor aunque el polideportivo estaba ventilado. El escenario había sido decorado con meticulosidad con cortinas rojas y muebles de verdad.

Sonaba una agradable música y los actores se preparaban, Federico se unió a los demás niños para curiosear a ver si veían los actores o se enteraban de qué iba la obra. Otros niños salieron a la calle a subirse a las barreras y los cadalsos que había en la plaza para ver los toros. Eran las fiestas del barrio. Las tiendas estaban cerradas y todo estaba lleno de banderitas de colores.

No consiguieron ver mucho ya que no les dejaron entrar en los grandes furgones pero sí se fijaron en un joven extraño que no paraba de mirarlos.

—Ése es uno de ellos —dijo uno de los niños.

—Eso creo —respondió Federico.

Federico disfrutó poco tiempo del placer de ser un niño normal sin preocupaciones ya que su pulsera estaba oprimiéndole al brazo y escuchó la voz de Genio en su mente.

«Debes ir a hablar con él.»

«¿Con quién?»

«Con el joven extraño.»

«¿Para qué? ¿Es que aquí no se puede disfrutar de una tarde de teatro tranquila, Genio?»

Genio no contestó. Federico estaba creciendo. Su cuerpo estaba cambiando y también su mente. Ya no hacía nada sin antes protestar. Genio estaba harto de los arrebatos del chico y sus padres también. A veces no sabían como hablarle o tratarlo para convencerlo de hacer lo que era correcto. Federico había entrado en la edad difícil.

«Tengo una idea», le dijo Federico a Genio a través de su mente. «¿Hay alguna manera de estar en dos sitios a la vez?»

«Sí, viajando en el tiempo a través del ordenador», contestó Genio. «¿Por qué?»

«Porque he venido con mis padres y esperan que esté a su lado cuando el teatro empiece. Así podré realizar la misión y ver el teatro al mismo tiempo», dijo Federico. «Ya sabes lo pesada que está mi madre con esto de las normas...»

«¿Seguro que es culpa de tu madre?»

«¡Vamos a dejarlo!»

Antes de entrar en una discusión sin fin con Federico, Genio decidió centrarse en la misión que les ocupaba. Trasladó a Federico a su habitación para ver las imágenes al ordenador.

Las primeras imágenes fueron de la casa de los padres del joven extraño. Todo estaba en perfecto orden. Los padres parecían muy estrictos en la forma de tratar a sus hijos. Les obligaban a hablarles de usted y a contestar «Sí, señor», cuando hablaba su padre. Federico y Genio vieron las medallas que colgaban en la pared y parecían las medallas de un militar. La decoración de la casa era austera, la esposa vestía de oscuro y casi no llevaba joyas. Los hijos tenían un sitio fijo en el sofá y unas rutinas muy marcadas en su vida.

Luego aparecieron unas imágenes de Luís, que así se llamaba el joven extraño. Era el triste día que se atrevió a confesar a sus padres su homosexualidad.

—Creo que soy homosexual —les dijo.

Hubo silencio. Se repartieron miradas de culpabilidad.

—Lo que faltaba —dijo la madre temiendo la reacción de su marido.

—La culpa de todo es de tu madre. No se puede estar siempre abrazando a los hijos, se vuelven raros... —dijo el padre tratando de culpar a otros de lo que había.

69

—Nadie tiene la culpa —dijo una de las hermanas.

—Ser homosexual no es ningún delito ni defecto —dijo Luís—. Incluso hasta nos podemos casar...

—Algunos lo considerarán normal —dijo el padre—. Pero es un insulto en mi mundo... Mis compañeros no pueden enterarse de que tengo un hijo «gay»...

—No lo llames así —protestó la madre.

—Si no lo hago yo lo harán otros. Tiene que acostumbrarse —dijo el padre.

Cuando Luís tuvo dieciocho años fue animado a independizarse, irse de casa y a no volver más mostrar su verdadero ser. Luís hacía papeles de homosexual en el teatro, sin embargo, en la vida real disimulaba y vivía apartado de la sociedad, no se atrevía.

Federico interrumpió la proyección de las imágenes y le habló a Genio.

—Tengo que volver a los asientos con mis padres dijo Federico—. El teatro está a punto de comenzar...

—Está bien, esto no lo hemos hecho nunca —dijo Genio—. Probaremos...

Federico entró en «Viajar a través del tiempo», y luego entro en «Efectos especiales» y, más tarde, en «Estar en dos sitios a la vez».

«Elija las dos dimensiones temporales en las que desea estar», le puso el ordenador.

Federico escribió «Federico con sus padres al teatro» y «misión especial con Genio».

Primero Federico eligió la de estar sentado al teatro en silencio junto a sus padres, esperando quieto y callado. Su madre estaba encantada y, cuando nadie miraba, le estampó un fuerte beso.

—Así me gusta, que seas educado y te portes bien...

Federico sonrió y no dijo nada. La verdad era que estaba tremendamente aburrido y un poco histérico.

Luego pasó mentalmente a la otra dimensión, la que temía: «Misión especial con Genio».

Se acercó a hablar con Luís a la parte de atrás del escenario, el joven extraño que tenía miedo o, tal vez, no quería defraudar a su padre militar, escondía su homosexualidad y llamaba la atención por su tristeza.

—¡Hola! —dijo Federico—. ¿Me firmas un autógrafo? Me gusta como interpretas tu papel...

—¡Vale! Pero que conste que yo no soy homosexual. Es sólo un papel...

—¿Y qué importaría si lo fueras? Las mejores personas que he conocido en esta vida son homosexuales... Uno puede demostrar lo bueno que es independientemente de su sexualidad...

Federico se sorprendió a sí mismo haciendo unas frases que no habría hecho en su vida. Genio se las dictaba al oído. Luego Genio le confesó que las había sacado de un manual de psicología. Tal y como le hablaba a Luís, éste le miraba fijamente a los ojos y se emocionaba... Hasta que alguien les interrumpió.

—Dos minutos y a escena...

—De acuerdo —dijo Luís con serenidad—. Diles que hoy añadiremos un nuevo personaje a la obra, que no se preocupen, que confíen en mí... Será un éxito.

—Ya veremos...

Cuando el otro se fue Federico lo acribilló a preguntas.

—¿Yo?

—Naturalmente.

—¿Y qué tengo que decir?

—Improvisa...

Federico no supo negarse. Siempre había querido saber qué se sentía un actor, entrar en la piel de otra persona. La imaginación de Federico no tenía límites y esta ocasión no podía perdérsela. Sólo tenía un problema: sus padres estaban viendo el teatro y él estaba sentado a su lado; y, según ellos, no podía estar en dos sitios a la vez. Tenía menos de un minuto para solucionar aquel entuerto.

Desde el ordenador entró en la dimensión temporal que estaba sentado en el teatro callado y esperando.

—Mamá, ¿puedo ir al aseo?

—Vale, pero no tardes...

Federico volvió a la dimensión temporal de «Misión especial con Genio». Luís lo sacó al escenario de un tirón. Federico no se resistió. Genio le iba susurrando frases que encajaban al guión y Luís estuvo imponente en su papel. Nadie se dio cuenta de que Federico no era actor porque lo hizo muy bien.

Sus padres se emocionaron con la obra y se olvidaron de que su hijo no volvía del aseo.

—Ese actor se parece a... ¿Dónde está Federico? —dijo su padre.

—Al aseo —contestó su madre—. ¡Dios mío! ¡Es él!

La obra acabó y los actores saludaron. Federico, a cara descubierta, estaba entre ellos. Sus padres se olvidaron de la bronca que habría al llegar a casa y aplaudieron con muchas ganas.

Cuando los aplausos cesaron Luís pidió permiso para decir unas palabras.

—Señoras y señores. Hace tiempo que quería confesarles un secreto. Soy homosexual. No sólo mi personaje lo es. Yo, Luís Martínez también lo soy.

73

Todo el mundo aplaudió con ganas porque por fin Luís admitió algo que todo el mundo sabía. Todos lo querían tal como era.

Cuando cesaron los aplausos. Pidió los aplausos para Federico.

—Hoy he descubierto un futuro actor, Federico. Me lo he encontrado por el pasillo y, al hablar con él, he sabido que, además de ser un buen muchacho, noble y sincero, tiene un gran futuro como actor... ya lo habéis visto cómo improvisa en escena... Pido un muy fuerte aplauso tanto para él como para sus padres...

Damián y Matilde se levantaron y sonrieron para recibir los aplausos. Luís continuó.

—Y quisiera felicitar a sus padres por la gran suerte que tienen con este hijo estupendo y animarlos a que le den estudios de arte dramático...

Federico desde el ordenador entró en la dimensión «Federico en el teatro con sus padres». Dio orden al ordenador para que desapareciera la segunda dimensión.

Apareció al lado de sus padres. Estos le abrazaron. Todo el mundo aplaudió.

—Muy bien, hijo mío —dijo su madre.

—¿No me vais a reñir? —preguntó Federico con sorpresa—. Había desaparecido un actor y, yo pasaba por allí, y les saqué del apuro... No tuve tiempo de avisaros.

—Está bien —dijo su padre—. Hablaré con ese hombre para que nos aconseje dónde puedes estudiar arte dramático... Pero nada de dejar de lado a los estudios.

—Nunca me olvidaré de mis estudios...

Federico no estaba seguro de ser tan bueno en el teatro como Luís decía, le daba un poco de vergüenza actuar delante de tanta gente. Aún así, no quiso romper la magia del momento. Asistió a la cena que su madre ofreció a casa para Luís. Escuchó los consejos de Luís y prometió ir a la academia de arte dramático dos veces por semana. Una vez al mes podría participar en un teatro de aficionados hasta que se hiciera mayor y pudiera tomar sus propias decisiones.

Cuando acabó la cena y la tertulia Federico pudo volver a su habitación.

—Enhorabuena, chico —le dijo Genio.

—Todo ha sucedido sin querer. Yo sólo quería cumplir nuestra misión... Yo no sabía que me introducirían en escena.

—Lo sé.

—Y ahora, ¿qué voy a hacer?

—Estudiar arte dramático...

—Si continuamos con nuestras misiones nunca podré dedicarme al teatro profesionalmente... Yo no debo tener una cara conocida ¿recuerdas?

—¿Quién sabe? Tú estudia y prepárate para el futuro... El tiempo dirá...

6. HAY QUE INVESTIGAR

Federico estaba pasando por la edad rebelde. Sus primeros cambios a los estaban volviendo locos tanto a Genio como a sus padres. El niño contradecía a todo lo que le proponían. Los planes que los mayores tenían para él raras veces le parecían bien. Por suerte, también tenía días buenos en los cuales era el chico más encantador y cariñoso del mundo. Había empezado clases de taekwondo y otras artes marciales, pero hasta que volviera Martín, su profesor, de su gira con el circo, no podía seguir.

En aquel momento asistía a clases de arte dramático dos veces por semana y preparaba algunas funciones en un teatro de aficionados. Tampoco estaba seguro de haber acertado con los del teatro. En todas partes le mandaban lo que tenía que hacer y eso fastidiaba a Federico en lo más profundo de su ser.

Cuando hablaba con sus amigos Federico se sentía libre de los mayores ya que en los juegos de consola y ordenador él era el líder. Era la forma que tenían de desconectar de las imposiciones del mundo adulto.

Las notas fueron aceptables, casi todo «Notables». Algún «Bien» y unos pocos «Sobresalientes». Matilde tenía que controlar que estudiara y que cada día llevase el material necesario a clase ya que Federico estaba más despistado de lo normal.

—¿Qué vas a hacer este verano? —le preguntaron sus padres.

—Nada... Quedar para jugar con mis amigos —contestaba él.

—¿Y el trabajo voluntario del colegio?

—No... Es voluntario...

—¿Y las actuaciones de teatro?

—Estoy de vacaciones... Estoy muy cansado...

Después de mucho insistir, Matilde consiguió que Federico hiciera a regañadientes parte del trabajo voluntario y que fuese, sin ganas, a ensayar al teatro para unas obras que habían preparado para fiestas.

Por el camino hizo un nuevo amigo que, aunque era mayor que él, le escuchaba cuando le contaba que los mayores no le entendían y se pasaban el día mandándole.

Lo conoció un día que su madre le obligó a ir al teatro y Federico no quería, prefería quedarse al sofá mirando los dibujos del canal de pago.

Se había ido de casa odiando al teatro y odiando a su madre. Se sentó en un banco a llorar.

—Deja de odiar tanto que no es bueno —le dijo un hombre muy bien vestido con un perro.

—¿Qué? —dijo Federico—. ¿Quién es usted y qué quiere?

Federico lo miró y se sorprendió al comprobar que parecía ciego.

—Disculpe, ¿no es usted ciego?

—Sí —dijo el hombre—. Te he oído llorar.

Federico iba a decirle que se metiera en sus asuntos y que le dejara en paz.

—¿De verdad es usted ciego?

El hombre que resultó llamarse David le invitó a un helado que Federico no aceptó. Como vio que no se fiaba de él le habló del accidente que tuvo hace años que cambió su vida. En aquel momento trabajaba en la ONCE y tenía mucho tiempo libre.

—Yo tengo que ir al teatro porque lo dice mi madre...

—¿Puedo ir a verte ensayar?

—¿A verme?

—Bueno es un decir... A escucharte.

—¡Vale! Siempre que no me des órdenes...

Así fue como hizo amistad con David. Cuando ya le tenía más confianza, un día se lo dijo medio en broma, medio en serio.

—¿Qué haces en tu tiempo libre aparte de meterte en asuntos ajenos?

—Investigar.

—¿Qué?

—Asesinatos.

—¡Venga! Lo que me faltaba... ¡Un ciego investigando asesinatos! —Federico creyó que se estaba burlando de él.

El otro se ofendió.

—Pues, lo creas o no, al no ver tengo mucho más desarrollados los otros sentidos, mi intuición es muy superior... ¿Cómo crees que supe que tú tenías un problema antes de hablar contigo?

—Mejor dicho... ¿Cómo sabías que yo estaba ahí sentado si no podías verme?

—Siento la presencia de la gente y puedo ver en mi cabeza lo que les pasa... A veces, veo cosas en mi cabeza.

—Los médicos dicen que esos son síntomas de esquizofrenia...

—No quiero saberlo... Yo soy feliz así...

Federico tuvo dudas de si podía ver en su cabeza o sobre si sentiría la presencia de Genio. Tuvo miedo de pinchar la pulsera de Genio por si David se daba cuenta.

—He de irme —dijo David—. Está pasando algo malo y mi amigo el detective debe saberlo.

—¿Dónde?—preguntó Federico.

—En la calle Buenaventura —dijo sin darse cuenta—. Vete a tu casa, chico. Este es un asunto de mayores.

—Ya me estás dando órdenes como todos... ¡No me trates como a un niño!

—¡Disculpa! Tengo que irme...

Federico pinchó la pulsera de Genio. Escuchó la voz de éste en su cabeza.

—Es cierto que tiene ciertos poderes —dijo Genio—. Podría ayudarnos pero no....

—Rápido, llévame a mi habitación y veremos qué pasa en la calle Buenaventura —dijo Federico.

—Eso puedo decírtelo yo —dijo Genio—. Hay unos matones pegándole una paliza a alguien. El detective amigo de David está allí y no hace nada...

—Vamos a ayudarle —dijo Federico.

—Puedo acercarte allí lo bastante para espantarlos pero antes de intervenir hemos de averiguar qué está pasando.

Genio trasladó a Federico al lugar de los hechos en estado invisible para usar sus técnicas de taekwondo y, con ayuda de la magia de Genio, parar la pelea. Antes de intervenir, Federico quiso saber qué estaba pasando.

Federico se quedó escuchando. Aquello no estaba claro. Parecía una pelea entre los del mismo bando. Y el detective amigo de David podía ser un infiltrado. Federico siguió escuchando en estado invisible.

—La entrega será el miércoles a las ocho. Tú te encargarás de la seguridad...

—¿Dónde? —preguntó el posible detective infiltrado—.

—El lugar no la sabrás hasta última hora.

—Rápido poneros las máscaras —gritó alguien—. Hemos escuchado algo. Vamos a echar un poco de gas para dormir.

Federico no tuvo tiempo de reaccionar. Se quedó profundamente dormido en el lugar y, como estaba invisible, nadie le encontraría.

Se hizo la hora de volver a casa y Federico no volvía. Sus padres fueron a buscarle al teatro, recorrieron el camino que tendría que haber recorrido el chico. El del quiosco les dijo que le habían visto hablando con el ciego del barrio y que le había oído algo de la calle Buenaventura.
Sus padres no preguntaron pero se dirigieron allí.

Mientras tanto entre cajas de cartón y bolsas de escombros, Federico ya se había despertado y se volvió visible. No recordaba nada.

Juan, al que antes llamaban «el hijo de la mendiga», pasó por allí, lo vio y le ayudó a salir y a sentarse a un banco. Le dio de comer su propia merienda.

—¿Qué haces aquí, Federico? —decía Juan—. ¿Qué te ha pasado?

—No lo sé... ¿Dónde estoy? No me acuerdo de nada.

Juan le explicó que lo había encontrado medio desmayado entre cartones. Juan llamó a los padres de Federico para que se lo llevaran a casa.

Federico tuvo que inventar explicaciones para justificar que estuviera en la otra parte de la ciudad, lejos de donde sus padres le habían mandado.

—Me ha llamado un amigo y, con el calor, creo que me he desmayado.

—¿Qué amigo?

—Yo —mintió Juan para librar a Federico de una bronca enorme.

Aquel día no pudo hacer nada más. Al día siguiente, Federico intentó encontrarse con David, su amigo ciego, para averiguar qué pasaba en la calle Buenaventura. No estaba. Federico preguntó a Genio pero éste último no sabía nada.

—Eso de jugar a detectives sin serlo puede resultar peligroso. Esa gente es peligrosa. Después de lo del gas no quiero que vuelvas. Si sigues insistiendo, haré venir a Martín.

—Hazlo —dijo Federico—. Lo necesitaremos. Quiero saber si mi amigo David ha muerto o si le ha pasado algo. No pararé hasta que resuelva esto.

Federico no paró de insistir hasta que consiguió que Genio le dejara usar su ordenador para averiguar qué había pasado en la calle Buenaventura. No pararon de revisar imágenes hasta que salieron las de la conversación. Federico comenzó a recordar haber escuchado aquello antes y pudo ver lo que ocurrió después que echaran el gas. A él, como era invisible, no lo cogieron, pero a su amigo invidente, que también estaba espiando y lo durmieron, lo cogieron prisionero. Su amigo el detective infiltrado evitó que le hicieran daño en la medida de lo posible. Al final acabaron averiguando que estaban juntos.

Federico los vio atados, espalda contra espalda en una casa vieja, abandonada. Parecían dormidos.

—Llévame allí —dijo Federico—. Tengo que desatarlos.

—Podrían estar muertos —dijo Genio—. Debemos llamar a la policía.

Federico salió de casa, fue a una cabina y llamó anónimamente a la policía para que acudieran al lugar donde estaban atados los dos hombres.

Por fin Genio pudo contactar con Martín. Por la pantalla del ordenador pudieron ver la triste realidad. Su amigo invidente, David y el detective infiltrado habían inalado demasiado gas y estaban inconscientes. Fueron trasladados al hospital pero poco se podía hacer. Les habían puesto vigilancia por si los malos volvían a por ellos.

Martín acompañó a Federico al hospital a visitar a su amigo invidente. Ambos estaban en estado invisible. Federico tuvo que dejarle sus implantes en la pulsera y el collar para que Genio con su magia hiciera que se recuperase como había hecho hacía tiempo con José Damián. Por suerte, en aquel momento tenía a Martín para comunicarse con Genio.

Luego hizo lo mismo con el detective. Cuando ambos estuvieron bien, declararon a la policía todo lo que sabían. Era suficiente para detener a los delincuentes pero, para poderlos encerrar en prisión, era necesario pillarlos con las manos a la masa...

Federico siguió revisando imágenes a la pantalla del ordenador hasta averiguar dónde y a qué hora tendría lugar la entrega. Cuando lo supo se lo dijo a su amigo invidente. Éste, que colaboraba continuamente con la policía, se lo comunicó a través de su amigo el detective.

El resto de la aventura fue más segura. Federico pudo verlo a través de la pantalla del ordenador. La policía detuvo a los malos poco a poco. Pero, cuando todo parecía controlado, el jefe de los malos consiguió burlar al policía que lo llevaba y escapó.

—Hay que detenerlo —dijo Federico—. Puede hacer daño a mi amigo David.

—Lo va a hacer Martín.

Martín fue trasladado mágicamente por Genio al lugar de los hechos y consiguió derribar al jefe de la banda hasta que llegó la policía. Martín salió de escena antes de ser visto. Consiguió volver a su circo usando el reloj del ordenador para volver atrás en el tiempo. Entró otra vez sin verse a sí mismo.

Aquella aventura con su amigo invidente hizo que Federico se sintiera especial y no le importara obedecer las órdenes que le daban los adultos. Al final puso interés en la obra de teatro que estaba preparando aquel verano. David, su amigo invidente, asistió a la representación. Los padres de Federico también lo hicieron. Todos estaban orgullosos de él.

—Tenemos un actor en la familia —decía su madre a la cual le gustaba mucho el teatro.

—Me gustaría ser detective privado —le dijo Federico al oído de su amigo invidente.

—¡Eso sí que no!

Por suerte los padres de Federico no lo escucharon.

7. CAMPEÓN SIN LUZ

Juan, al que antes de hacerse amigo de la pandilla de Federico éstos le llamaban el hijo de la mendiga, acudió a casa de Federico llorando.

—Mi padre no puede enterarse que te he contado esto. Pero no puedo más...

—¿Qué pasa? —le preguntó Federico que, para mantener el secreto lo había invitado a pasar a su habitación.

—Mi padre se está quedando ciego.

—¿Ha ido al hospital?

—Sí. Le han dicho que si no se opera, es inevitable. El resultado de la operación no es seguro, pero hay una posibilidad...

—Entonces hay que operarle.

—No quiere operarse. Él siempre ha presumido de ser un campeón invencible en artes marciales. Se hace mayor y, últimamente, en boxeo lo han zurrado a base de bien... Dice que lo mejor es desaparecer... Irnos a una ciudad donde no nos conozca nadie.... Hoy tiene hora al hospital para operarse pero está tan seguro que saldrá mal que no quiere ir al hospital.

—Si os vais ¿De qué vais a vivir?

—Mi madre va a limpiar por las casas.

—¿Y él qué va a hacer?

—No lo sé... Por eso he venido. Federico, eres el único amigo al que me atrevo confesarle esto y sé que no me vas a traicionar.

Federico pinchó con la uña la pulsera de Genio y escuchó la voz de éste en su cabeza: «Debes ir con Juan a traer a su padre al hospital. Hoy debe acudir a la cita de la operación. Tú le cederás la pulsera y el collar durante la operación».

Federico tenía un problema. Era día de colegio y, tanto Juan como él tenían que ir. Juan podía justificarse con lo de la operación de su padre, pero él... Por otro lado, no podía comunicarse por el ordenador con Genio delante de Juan. Federico invitó a Juan a un vaso de leche en la cocina para que se calmara y, mientras tanto, subió a su habitación para entrar al ordenador y poder estar en dos sitios a la vez.

Federico entró en el programa de ordenador en «Viajar a través del tiempo» y luego entró en «Efectos especiales» y, más tarde, en «Estar en dos sitios a la vez».

«Elija las dos dimensiones temporales en las que desea estar», le puso el ordenador.

«Colegio» e «ir al hospital con el padre de Juan».

Federico salió de su habitación, fue a la cocina y, antes que su madre se enterara, se fue con Juan a la casa de éste.

Mientras tanto, el otro Federico observaba la escena desde la pantalla del ordenador mientras se vestía para ir al colegio.

Bajó a desayunar como todos los días. Su madre le preguntó por Juan.

—¿Qué hace Juan aquí tan temprano?

—Hoy operan a su padre. Si el maestro pregunta por él, que le diga que no podrá ir por eso.

—Te lo habría podido decir por teléfono.

Federico no supo qué contestar y su madre lo dejó por imposible.

—Estos chicos…. No hay quien los entienda…

Federico se sentó como cada día en la mesa. Ocupó su silla, bebió su tazón de leche y comió sus cereales. Después le dio la razón a unas reflexiones que le hizo su madre sobre unas cosas que se había dejado sin poner en la mochila y se había tenido que ocupar ella.

—Despistado, más que despistado… Cuando eras pequeño siempre te acordabas de ponértelo todo en la mochila… Y ahora, que casi eres más alto que yo…

—Gracias mamá, hasta luego.

A Federico le esperaba un día ordinario de colegio. Pero aquel día, en los ojos de Federico había un brillo especial. Hoy gracias al programa de ordenador «Viajar a través del tiempo» y a la magia de Genio, Federico podía hacer algo que ninguno de su clase sería capaz.

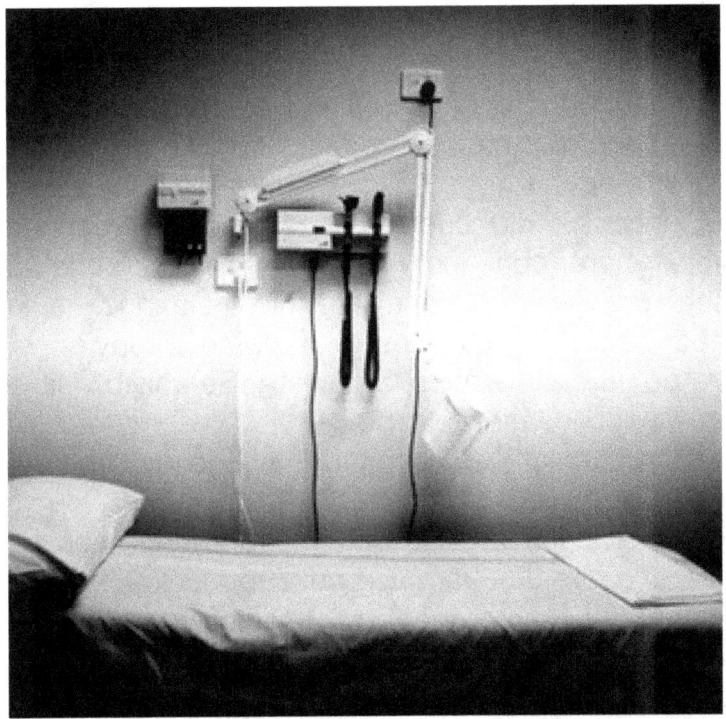

A través del ordenador de su habitación Federico controlaba con su mente sus dos dimensiones temporales. Iba alternando una y otra para controlar la situación. Por un lado estaba el Federico sentado en clase haciendo ejercicios en silencio. Por otro estaba el Federico que acompañaba a Juan.

La madre de Juan se fue a trabajar. Federico y Juan se quedaron en casa con su padre. Juan preparó el desayuno.

—¿Qué hace tu amigo aquí? —preguntó el padre cuando oyó la voz de Federico—. Deberíais iros al colegio.

—Y tú deberías ir al hospital... —se atrevió a decirle Juan.

—¿Cómo te atreves? ¿Quién eres tú para decirme lo que tengo que hacer? El padre soy yo... Yo tomo mis propias decisiones.

Federico se dio cuenta que no había razones posibles para convencerle. Pinchó con la uña la pulsera de Genio. Hazme invisible. Cuando nadie miraba se volvió invisible. Se acercó a Javier, el padre de Juan, y le puso la pulsera. Se volvió visible sin que nadie se diera cuenta.

—Está bien, iré al hospital. Pero no os prometo nada —dijo Xavier.

Finalmente llamaron a un taxi y fueron al hospital. Javier, el padre de Juan, no podía conducir.

Federico y Juan rodeaban a Javier para que no se cayera pero éste no dejaba que le cogieran de los brazos.

—Yo no soy ningún inválido —decía Javier con orgullo—. A Javier López, el campeón de boxeo nadie le ayuda a andar. Iros al colegio, por favor.

Aunque Javier insistía en que le dejaran solo. Federico y Juan se pudieron quedar a su lado en la habitación, entre otras cosas porque no podía perseguirlos y echarlos a patadas como le hubiera gustado a Javier. Por suerte, se habían traído una consola y pudieron jugar en silencio mientras esperaban.

Javier no quiso firmar para autorizar la operación. Federico se quedó con Javier mientras Juan se acercó donde su madre estaba trabajando para que firmara ella. Federico aprovechó que se quedó solo con Javier para confirmar que Javier tenía puestos los implantes de la pulsera. Él se quedó con los implantes del collar para seguir en contacto con él y con Genio a la vez.

—Ser invidente tampoco es tan malo —dijo Federico—. Yo tengo un amigo invidente que es detective.

—Háblame de él. Sólo por curiosidad... —dijo Javier.

—Lo conocí el verano pasado, cuando iba caminando al teatro. Él colabora con la policía. Tiene un amigo detective y le ayuda en sus investigaciones. Incluso participé en una de ellas. Lo apresaron los malos y yo ayudé a liberarlo.

—¿Cómo se puede ser que un ciego sea detective?

—Pues... siéndolo —dijo Federico.

—¿Así de fácil? Yo no lo veo tan claro.

—Pues habla con él —dijo Federico—. ¿Tienes el móvil ahí?

Federico marcó el móvil de su amigo invidente y le confirmó por teléfono lo que Federico le había dicho. Estuvieron mucho tiempo hablando por teléfono. Federico escuchó la voz de Genio en su oído: «Debes ponerle el collar también, si no, no puedo ejercer mi magia sobre él...»

«Si me quito los implantes perderé el contacto contigo y no podré estar en dos sitios a la vez... Desapareceré del colegio... Me meteré en un buen lío...»

«¿Quieres que lo intente o no?», dijo Genio.

«Pues entonces, confía en mí. Martín intervendrá para ayudarte…»

Federico tenía miedo de perder sus poderes por un tiempo. Aún recordaba la última vez que eso ocurrió. Se desmayó, se quedó encerrado en un armario, sus padres le estuvieron buscando… Fue un desastre.

«¿Y si me desmayo? ¿Y si me echan en falta al colegio?»

«Martín te cubrirá. El irá al colegio a recogerte para que no te echen en falta. Tendrás que fingirte enfermo y, como tus padres están trabajando, pedirás que llamen a Martín para venir a recogerte. En el colegio tienen autorización para llamar a Martín. Cuando lo llamen, él, que ya sabe lo que pasa, te recogerá y te mantendrá fuera del colegio durante dos horas, o el tiempo que dure la operación.»

«¿Y mis padres?»

«Martín los llamará y les dirá que ha ido a recogerte, que te encuentras mal de la tripa y que hoy comes en su casa.»

Intentaron hacer eso pero las cosas se complicaron ya que Damián y Matilde se empeñaron en ir a verle y a buscarle a casa de Martín porque en seguida sospecharon que algo raro estaba ocurriendo.

Martín tuvo que ir al colegio a buscar a Federico para que estuviera en su casa cuando sus padres fueran.

—¿No estabas con el circo? —preguntaron los padres de Federico.

—He vuelto —dijo Martín—.Tengo unos días de fiesta...

—Hay algo que no me cuadra —dijo Matilde—. Yo me voy a llevar a mi hijo a casa y pediré permiso al trabajo hasta que Federico esté bien...

—No hace falta, mamá —dijo Federico—. Ya me encuentro mejor.

—Pues si estás mejor, al colegio...

Matilde se dio cuenta de que su hijo mentía. No quiso decir nada hasta que se quedaron los dos solos a la habitación.

—¿Me lo vas a contar?

—Está bien —dijo Federico—. No estoy enfermo. ¿Te acuerdas de que Juan vino esta mañana?

—Sí.

—Hoy operan a su padre de la vista. Hay muchas posibilidades de que se quede ciego... Juan me ha pedido que me quede con él para cuando despierte.

—¿Y su madre?

—Su marido no la deja estar allí. Es un orgulloso...

—Está bien —dijo Matilde—. Haremos las cosas bien. Iremos a buscar a la madre de Juan. La llevaremos al hospital y estaremos con ella para cuando saquen a su marido de la operación. Tú no irás solo al hospital, eres menor...

Federico no tuvo más remedio que aceptar.

A Federico se le acumulaban los problemas. Con la presencia de sus padres tuvo que salir de las dimensiones temporales para que no coincidieran los dos Federicos al mismo sitio. Así, tuvo que eliminar al Federico que estaba en el hospital para quedarse con sus padres y los de Juan.

Antes de irse, Federico pudo ir a su habitación a solucionar lo de las dimensiones temporales y comunicarse con su amigo Genio.

—Tienes que ponerle el collar también —dijo Genio—. Con la pulsera no es suficiente. Si te desmayas, no pasa nada porque estás con tus padres. Martín seguirá en contacto contigo para devolverte los implantes en cuanto yo haya hecho todo los que pueda por Javier.

Federico aceptó su misión después de protestar durante más de media hora.

—Como soy un niño no importa si me desmayo, ¿no? —protestaba Federico—. Cuando es una misión importante, buscas a Martín...

—Martín tiene una enfermedad que irá a más si deja de llevar mis implantes —explicó Genio.

—Entonces, tú le estás ayudando sin que él lo sepa...

—Sí —dijo Genio—. Y no hace falta que tú se lo cuentes...

—Vale —aceptó Federico—. Acabas de convencerme. Haré lo que me pides.

.   .   .

Ya en el hospital Federico le puso el otro implante a Javier antes que se lo llevaran a operar en un momento que su madre no se dio cuenta. Esta vez, a Federico, no le importó desmayarse ya que estaba en un hospital y rodeado de sus seres queridos.

Javier necesitaba tranquilidad, en espera de saber si recuperaba un poco de visión. Federico se fue a casa con sus padres para hacer una vida completamente normal.

Esta vez Federico decidió aprovechar la ocasión y disfrutar de sus merecidas vacaciones. Hacía tiempo que servía a Genio sin descanso.

En aquel momento Federico necesitaba ese merecido descanso. A Federico le apetecía pensar por su cuenta, salir con sus amigos y hacer lo que hacían siempre sin nadie que le vigilara ni le agobiara con más trabajo del que ya tenía en la escuela.

La nueva vida le gustó a Federico. Dejó de estar tanto tiempo en el ordenador y dedicaba más tiempo a estudiar y a jugar con sus amigos. Cada día quedaban en casa de uno a ver dibujos animados, a jugar a juegos estrategia o para jugar con las consolas.

Sus padres estaban encantados porque se relacionaba mucho más y porque sus notas del colegio mejoraron considerablemente.

No sabía cuando volvería Genio pero no había prisa. Federico era muy feliz jugando con sus amigos y haciendo las cosas de un niño de su edad con toda normalidad.

8. SER UN NIÑO NORMAL

Federico disfrutaba saliendo a cenar con sus padres o en los desayunos y comidas familiares, o cuando iban los tres al cine y veían un película juntos. Cuando estaba con sus padres se sentía como un niño.

Como Genio le había dado unas vacaciones en sus misiones tenía mucho tiempo libre. Se iba al cuarto de los juguetes y sacaba sus figuras de acción. También se pasaba las horas muertas jugando con los juguetes viejos. Más de una vez Matilde, cuando recogía juguetes viejos para regalarlos cada Navidad, quiso regalar la vaca lechera blanca a manchas negras, pero Federico la detuvo.

—¿Para qué quieres la vaca si nunca juegas con ella? —le preguntaba Matilde.

—Porque es un recuerdo de cuando tenía tres años. ¿Te acuerdas de aquella excursión que hicimos a una granja escuela?

—Sí —dijo Matilde. Aún conservo las fotos que te hiciste con la vaca Petunia...

De repente, Federico se tumbó al viejo sofá que había al cuarto de los juguetes y gritó.

—¡Abrazo!

—¡Abrazo! —gritó Matilde.

Ambos se fundieron en un profundo abrazo.

—Hoy no nos enfadaremos en todo el día, ¿vale? —decía Federico.

—Eso depende de ti... —contestaba su madre—. Lo intentaré.

En eso que entró el padre al cuarto de juguetes y se quedó mirando a Matilde y Federico.

—Yo también quiero abrazos...

Los tres se fundieron en un abrazo sobre el sofá en un instante que Matilde hubiera querido que fuese interminable, a no ser porque le había tocado la parte de abajo y le tocaba aguantar el peso de los dos que se apoyaban sobre ella.

—Me estáis aplastando...

—Hijo —le decía su padre aprovechándose del momento—. Has de hacer caso a la primera cuando te hablamos. Nos molesta mucho que no nos obedezcas o que reniegues cuando te pedimos que hagas algo.

—Es que me sale de forma natural... Lo siento.

—Vale —decía su padre—, pero intenta evitarlo.

Cuando llegaban sus amigos a buscarle, se acababa el chiquillo encantador que abrazaba a sus padres y aparecía el niño rebelde, el que todo le molestaba, el que siempre quería las cosas a su modo y le parecía mal todo lo que decían los demás.

Aquellas vacaciones de su trabajo con Genio fueron estupendas y se extendieron hasta Navidad. Fueron sus primeras Navidades sin Genio desde hacia años y no le disgustaban. Por fin tenía unos días sin nada que hacer. Tal como se acercaba el día de Navidad, Federico comenzó a sentir añoranza de su amigo Genio. Llamó al móvil a Martín. Estaba fuera de cobertura. Además, tenía entendido que el circo estaba en un pueblo de montaña. Intentó ponerse en contacto con Genio a través de los programas que tenía instalados en su ordenador. No hubo ningún resultado ya que no pudo abrir ninguno de los programas de Genio.

Federico fue a la casa donde vivía Juan para ver cómo se encontraba Javier, el padre de Juan. Sólo encontró a Juan y a su madre.

—¿Dónde está Javier? —preguntó Federico.

—Se ha ido a vivir al campo con su madre hasta que recupere la visión —dijo la madre de Juan.

—¿Me puede dar su dirección? ¿Podré ir a hacer una visita? Me gustaría ir a darle ánimos...

—Nos ha dejado dicho que no se le moleste —dijo la madre—. Cuando recupere la vista, ya volverá con nosotros...

—¿Y si no la recupera?

Tanto Juan como su madre se encogieron de hombros. Tenían cara de preocupación pero estaban indefensos ya que Javier siempre hizo su voluntad y nunca hizo caso a lo que su mujer y su hijo le dijeran. Por otro lado, Federico tenía el extraño presentimiento de que Javier no iba a recuperar la vista, que la magia de Genio no era suficiente y que tanto Genio como Javier necesitaban ayuda.

Pensó en intentarlo a través del ordenador, restaurando el sistema del ordenador a fecha anterior, antes de darle los implantes a Javier, las cosas podían cambiar.

Federico se fue a casa y, después de varios intentos, consiguió restaurar el sistema a fecha anterior a la operación. Por fin, pudo comunicarse con Genio.

Había vuelto al pasado. El otro Federico estaba en su habitación con Juan que le había pedido al otro Federico que le acompañara a casa a convencer a su padre. Genio le estaba dando instrucciones al oído: «Debes ir con Juan a traer a su padre al hospital. Hoy debe acudir a la cita de la operación. Tú le cederás la pulsera ahora, y el collar, durante la operación».

Cuando Juan y el otro Federico se fueron a la cocina, el Federico trasladado apareció en la habitación.

—Genio, he estado en el futuro y sé que esto que intentas no va a funcionar. He regresado al pasado restaurando el sistema a fecha anterior.

—¡En serio! —se extrañó Genio—. ¿Has sido capaz de viajar en el tiempo sin mi ayuda? Cuenta, cuenta, por favor.

—¿De verdad no recuerdas nada? —preguntó el Federico trasladado.

—Recordar ¿qué?

El Federico trasladado le contó rápidamente todo lo que había ocurrido.

—Fui con Juan a su casa. Le puse los implantes de la pulsera para convencerle. Antes de operarle, le puse el collar. Yo me desmayé. Me llevaron mis padres a casa. Xavier se fue a una casa de campo a recuperarse. Pidió que no le molestaran. No me dejaron ir a verle cuando yo lo pedí. El tiempo pasó y Javier no se recuperó. Eso sí, yo tuve unas largas vacaciones sin hacer ninguna misión, sacaba mejores notas y me lo pasaba en grande con mis amigos... Era casi Navidad cuando regresé desde el futuro...

—Creo que al duplicar mis implantes, éstos han perdido fuerza. Martín está necesitando ayuda y

100

Javier, también. Voy a tener que pedir ayuda a un amigo. No puedo hacer esto yo solo...

—¿A quién?

—A Facundo Facundor.

—El mago jugador —recordó el Federico trasladado—. No, no, no y mil veces no. ¿Es que no te acuerdas de lo mal que lo pasamos cuando nos viciamos al juego por su culpa?

—Sí —reconoció Genio—. Él también pasó por lo mismo. Ha ido a grupos para adictos al juego y está rehabilitado... Merece una oportunidad. Además, su magia es mucho más poderosa que la mía y puede que él le devuelva la vista al padre de Juan.

Luego Genio le dio instrucciones al Federico trasladado de cómo lo tenía que hacer para entrar al ordenador.

—Entras en mi programa. Cuando te pida la clave, pondrás: «Quiero soñar 2». En caso de que quieras comunicarte conmigo, pondrás: «Quiero soñar 1».

—¿Seguro que es de fiar? —preguntó Federico.

—Eso creo —contestó Genio—. Si quieres que ayudemos al padre de Juan, tendremos que arriesgarnos.

—Está bien, lo haré.... En caso de que no funcione, ya sé cómo volver al pasado...

El Federico trasladado entró en el programa de ordenador. Escribió la clave de Facundo, el ex jugador. Éste apareció en pantalla. Había envejecido pero tenía un aspecto muy saludable. Salió del ordenador a través de la pantalla y le habló al Federico trasladado como si el tiempo no hubiera pasado.

—Me voy contigo. No te preocupes, los demás no pueden verme.

—¿Seguro que podrás hacerlo? Tú puedes viciarlo al juego mientras le curas la vista...

—Eso pertenece al pasado —dijo Facundo—. Tu duda me ofende...

El otro Federico no pudo librarse de acompañar a Juan a su casa y al padre de éste al hospital. Cuando fue a su habitación Genio lo sustituyó por el Federico trasladado. El otro Federico se quedó en su habitación mirando por la pantalla del ordenador.

—¿Quieres entrar en «Estar en dos sitios a la vez»? —preguntó Genio.

—No, está vez comenzaré por decirle lo que pasa a mi madre. Iremos juntos al hospital y ella me hará una nota que justifique mi retraso en el colegio.

El Federico trasladado se lo explicó a su madre. Ésta habló con la madre de Juan. Fueron todos, incluido el invisible mago Facundo, a casa de Javier. Entre sus argumentos y la magia de Facundo lo convencieron fácilmente.

Cuando lo entraron para la operación, Facundo se fue con él. Matilde se llevó al Federico trasladado y a Juan al colegio con sus respectivos justificantes por el retraso. La madre de Juan se quedó esperando a que su marido saliera del quirófano.

El Federico trasladado, al regresar del colegio pudo ver junto a Genio que la operación había sido un éxito. Después llamó Juan para decirle que su padre recuperaba la vista.

Facundo volvió a su ordenador y el Federico trasladado tenía que volver al futuro para continuar sus misiones con Genio.

Con esta experiencia Federico había aprendido mucho. Lo primero era a «tomar sus propias decisiones y salir adelante aunque Genio no estuviese con él». Lo segundo, que «no estaba mal eso de ser un niño normal y corriente». Lo tercero, que «la gente puede cambiar y, todo el mundo merece una oportunidad como era el caso de Facundo». Como consecuencia, Genio y él contaban con otro aliado en sus misiones. Y, por último, que «las cosas no siempre eran tan graves como parecían».

Desde que Martín se había unido a ellos, Federico tenía celos porque creía que las mejores misiones eran para Martín y, a él, lo trataban como a un niño. Federico habló con Genio y lo aclararon.

—Perdona, Genio —dijo Federico—. Creía que Martín era tu favorito. A él siempre le encargabas las misiones más arriesgadas y a mí cuatro tonterías... Yo no sabía que le estábamos ayudando...

—Bueno, las dos cosas son verdad —reconoció Genio—. Por un lado, nos viene bien su experiencia en artes marciales, para adiestrarte a ti y para sacarte de algún apuro. Por otro, está su enfermedad: mientras lleve mis implantes, ésta no seguirá hacia delante.

—Entonces, ahora somos cuatro: dos magos (Facundo y tú) y dos humanos (Martín y yo).

—No te equivoques —dijo Genio—. Seremos tú y yo como siempre. Ellos solo aparecerán si necesitamos ayuda.

—Eso es lo que quería oír. Te quiero, Genio.

—Y yo a ti, chaval... Y yo a ti...

Lástima que no se pudieran abrazar. El momento era precioso pero tenían que volver al futuro de donde procedían programando el ordenador justo al momento en que se fueron.

9. RESPETO Y ARMONÍA EN LA FAMILIA

Federico estaba tranquilamente en su habitación, jugando con su consola a un programa de habilidad mental. Hacía días que sacaba diez, pero una amiga suya había sacado un trece. Y él se había prometido insistir hasta que consiguiera superarlo.

—Federico, tienes que ver esto —dijo Genio.

—Espera que acabe y te ayudaré —decía Federico mientras se apresuraba en acabar el test.

—Tiene que ser ahora, chaval —insistía Genio—. Las imágenes sólo pasan por la pantalla una vez y hay que estar.

Federico tardó un minuto más en dejar la consola y mirar la pantalla.

—Por favor....

Federico no reaccionaba.

—¡Yaaaaaaa!

—Gritas más que mi madre...

105

—¿Por qué será?

Por fin Federico se dignó a mirar la pantalla. No le gustó lo que vio. Se trataba de Jorge. Un chico un año mayor que Federico que repetía curso y estaba a la clase de Federico este año. Estaba acostado en la cama llorando con el cuerpo lleno de moratones.

—¿Cómo es que tiene tantos moratones? —preguntó Federico—. Los tiene por todo el cuerpo...

—Eso habrá que averiguarlo... Me parece que no es nada bueno...

En clase aparece continuamente lleno de moratones. Tiene fama de ser un despistado y de caerse por las escaleras o de darse con las puertas...

—Tal vez eso no sea así. ¿Y si se lo hiciese alguien?

—¿Quién? Sus padres son buena gente. He hablado con ellos varias veces y son amables, normales...

—¡Atento! Hay más imágenes.

En el ordenador aparecieron nuevas imágenes en casa de Jorge. Sus padres estaban discutiendo por algo relacionado con el niño mientras él estaba llorando en su habitación. Genio no dejó que Federico siguiera viendo aquellas imágenes.

—Ningún niño debe ver estas discusiones entre sus padres —dijo Genio.

—Y mucho menos recibir golpes... —dijo Federico—. ¿Qué vamos a hacer para evitar esto?

—Necesitamos un adulto que hable con la madre. A un niño nunca lo escucharía —dijo Genio—.

Tenemos que hacer venir a Martín para que hable con ella y le haga tomar la mejor decisión.

—Podríamos volver al pasado cuando alguno de los padres aún pudiera razonar.

—¿Me estás pidiendo que volvamos a jugar con las dimensiones temporales? —preguntó Genio—. No olvides que debemos mantenerlas en secreto...

—Sólo se enteraría María, la madre de Jorge —dijo Federico.

—Está bien, lo haremos. Yo puedo hacerla olvidar con mi magia. Hemos de devolver a María al pasado cuando aún había armonía y respeto en la familia.

Martín también se puso en contacto con ellos por la pantalla del ordenador. Estuvieron comentando una solución para el tema.

—De momento no llamaremos a asuntos sociales —dijo Martín—. Hemos de trasladar a esta mujer al pasado y evitar lo que ahora no podemos parar.

—Sí, ¡vale! —dijo Federico—. ¿Y cómo lo hacemos?

—Primero tú, Federico irás a su casa con el ordenador portátil. Llevarás el programa «Viajar a través del tiempo» preparado. Tú le dirás que traes un juego para aprender inglés para su hijo. Has de trasladarla al pasado. ¿Recuerdas cuándo aparecieron los primeros moratones a Jorge?

—No, exactamente —dijo Federico—. Podemos buscarlo a través del programa de ordenador.

—De acuerdo —dijo Genio—. Pero se encargará de ello Martín.

—¡Me estás dejando de lado otra vez! Soy mayor y he visto en un montón de películas...

—Esto no es ninguna película. Está pasando de verdad...

Genio usó su magia para pasar las imágenes al ordenador de Martín. Este accionó las teclas de «rebobinar» y «avanzar» hasta que encontró el momento justo del tiempo.

Federico fijó el punto exacto en el tiempo según la numeración que Martín le había enviado. Preparó el programa de ordenador «Viajar a través del tiempo». Entró en «Viajar al pasado», señaló el punto exacto del tiempo y dejó el portátil en suspensión. Como era sábado y no había escuela, luego fue a casa de Jorge con el portátil con la excusa de enseñarle a éste un programa para estudiar inglés.

—He venido a jugar con Jorge —dijo Federico—. Me he traído el ordenador portátil con un juego para aprender inglés...

—Menos tonterías y más estudiar es lo que tenéis que hacer —dijo el padre malhumorado.

—Pasa, por favor —dijo la madre, ésta forzó una sonrisa y siguió hablando—. Ven conmigo. Está en su habitación. Sus notas de inglés deberían mejorar...

—¿Quiere ver el juego? —le dijo Federico a la madre—. Es muy interesante.

—¡Vale! Pero sólo un minuto. Mi marido está esperando.

—¡Maríaaaaaa! —gritaba el marido.

Federico no pudo aguantar más. Cuando la madre, y él estuvieron lo bastante cerca del ordenador, clicó «Viajar al pasado» y «Cambiar el pasado». Puso aceptar al punto exacto que tenía predeterminado y todo se hizo oscuro.

A los pocos minutos volvieron las imágenes a sus ojos y aparecieron otra vez Federico y María en la misma habitación.

—¿Qué ha pasado? Todo se ha vuelto oscuro —preguntó María extrañada.

—No lo sé —mintió Federico—. Estaba a punto de ponerle un programa de inglés...

—¿Y mi hijo? Y mi marido que estaba gritando... —dijo María—. ¡Qué extraño! No se oye nada...

Se oyó la puerta y la voz de su marido.

—Cariño, ya estoy en casa... —gritó el marido en el tono cariñoso que empleaba antes cuando llegaba a casa. ¿Dónde estás, querida?

—Aquí arriba —contestó ella desconcertada.

—Vamos a comer —dijo él en tono autoritario—. Sirve la comida que vengo con prisa...

—¿Qué? Hoy es fiesta... No he podido preparar la comida aún.

—He dicho que tengo prisa —dijo él subiendo el tono de voz.

—¿Prisa para qué?

—¿Y a ti qué te importa? Lo que tienes que hacer es ocuparte de la casa y tus labores para tenerlo todo listo cuando llegue tu marido. Para eso estás todo el día en casa.

Genio le habló a Federico a través de su mente: «Hazte invisible y tienes que ponerle tu implante de la pulsera a María. Ella está muy nerviosa y no se dará cuenta. Voy a ejercer mi magia sobre ella para que se haga respetar».

Federico hizo lo que Genio le pedía.

— Te equivocas —dijo María—. Acabo de encontrar un trabajo y traeré a casa un sueldo como el tuyo, incluso, si me va bien, será mejor. Así que deberías prepararte para compartir el trabajo doméstico y, si tenemos hijos, partiremos responsabilidades y cuidados a medias.

—¿Cómo? —dijo el marido sorprendido—. Pero querida, si yo te quiero mucho…

—Y me vas a respetar como un igual…Todo a medias, lo bueno y lo malo… El amor sin respeto no es nada. Si quieres seguir casado ha de ser así, si no adiós muy buenas…

—No sé qué decir —dijo el marido—. A mí me han educado de otra manera. Mi madre y mis hermanas nunca me han dejado fregar un plato. Si se enteran que me toca limpiar mi casa se van a reír de mí.

—Entonces, «adiós».

—Tampoco es eso. Yo me he casado contigo porque te quiero…

—En ese caso, haz lo que toca…

—Está bien —dijo el marido—. Por lo menos, dame un abrazo.

Marido y mujer se abrazaron. Parecía que la mujer había ganado el primer asalto para conseguir la igualdad en el matrimonio. Pero pronto apareció la primera sorpresa.

—¿Y la comida?

—Hoy te toca hacerla a ti. Ayer la hice yo —dijo la María.

—No sé cocinar —dijo el marido—. ¿Qué tal si cocinas tú siempre y yo limpio después.

—¿Sabes limpiar?

—Tampoco. Pero eso será más fácil. ¡Digo yo! Está bien, intentaré preparar una ensalada.

Durante el resto del día reinó la paz y la armonía. Mientras el hombre preparaba la comida, Federico y María fueron a buscar un trabajo. A la calle les esperaba su amigo Martín que también había viajado en el tiempo.

Cuando salieron a la calle, vieron a la puerta de un restaurante un letrero: «Necesitamos cocinera». Entraron. Curiosamente los dueños del bar conocían a la mujer y habían oído hablar a su marido de lo bien que guisaba. La contrataron inmediatamente.

Entonces les faltaba cambiar a la María trasladada por la otra María del pasado. Curiosamente la otra María pasaba por la calle mientras ellos hablaban con el dueño del restaurante. Martín fue a buscarla, la María trasladada se fue al baño. Todo salió bien y la otra María aceptó el trabajo con gusto.

Federico se volvió a hacer invisible y le quitó los implantes a la María trasladada. Martín pulsó Enter y regresaron al futuro. Lo mismo hicieron Federico y la María trasladada. Volvieron justo al momento que lo habían dejado.

Cuando llegaron al futuro el padre de Jorge estaba cocinando.

—La cena está lista, cariñitos.

—¡Ya vamos, papá! —contestaron Jorge y María al unísono.

—Tendremos que dejar el inglés para otro día —le dijeron a Federico.

Federico se despidió y se fue. Su amigo Martín le esperaba fuera. Hablaron con una vecina que les contó que eran un ejemplo de armonía.

—Lo comparten todo, lo bueno y lo malo... Ya me gustaría a mí tener un marido así... —dijo la vecina.

María no recordara nada. Eran muy felices. Todo había acabado bien.

10. ACOSO

Hacía tiempo que Damián y Matilde, los padres de Federico esperaban las vacaciones. Había quince días de fiesta al barrio. El niño estaba de vacaciones de verano y, como todos los años a esta época, toda la familia estaba de vacaciones.

Fueron días de ver películas hasta las tantas de la madrugada. De vivir a sus anchas sin preocupaciones, haciendo lo que les apeteciera sin horarios. A Matilde, que aguantaba la carga emocional de la casa y de la educación de Federico, le sentó bien este descanso. Pudo desconectar unos días de todas las obligaciones y relajarse. Damián, el padre, sin embargo, adaptaba un papel mucho más pasivo, cumplía sus obligaciones domésticas y como padre siempre que Matilde le indicara lo que tenía que hacer en cada momento. Matilde se quejaba de la pasividad de su marido y estaba harta de llevar las riendas de todo.

—¿No puedes ocuparte de todo sin que yo te lo diga? —protestaba ella.

—Estoy intentando no discutir, querida... —contestaba él.

Matilde, la madre de Federico solía salir a tomar café con una compañera de trabajo pero últimamente su amiga nunca salía de casa y hacía tiempo que estaba en continuas bajas por extrañas enfermedades.

—¿Cómo es que nunca sales a tomar café con Mari Carmen? —preguntaba Federico—. Ibais todos los años en fiestas a haceros el vermut a la plaza y a ver la entrada de los toros. Yo iba con vosotras y me subía a los cadalsos. Mis amigos y yo jugábamos saltando de cadalso en cadalso un poco. Luego nos juntábamos todos con la familia de Mari Carmen, hacíamos una toma las dos familias juntas y nos íbamos todos juntos a comer a casa. Mari Carmen hacía lo mismo con su familia. Por la tarde íbamos todos a merendar al cadalso con la pandilla de amigos...

—Este año Mari Carmen no viene, su marido y sus hijos van a ir solos al cadalso —dijo Matilde.

—¿Por qué? —preguntó Federico.

—Está de baja.

Matilde y Federico fueron a visitar a Mari Carmen a casa de ésta. Mari Carmen los recibió cordialmente en su casa. Tomaron algo. Federico jugó a un juego de inteligencia con su consola.

—Mañana es tu turno. Tienes que venir a mi casa a tomar café —le dijo Matilde.

—No puedo, lo siento —dijo Mari Carmen—. Me empieza a dar pánico salir de casa. Todavía no estoy en fuerzas de volver a trabajar.

Cuando salieron de su casa, hablaron con el marido de Mari Carmen que acababa de aparcar el coche.

—He intentado convencer a Mari Carmen para salir estas fiestas pero no quiere.

—Yo la veo bien... —dijo Matilde.

—Cuando está en casa está contenta y feliz como siempre pero si intenta salir se pone enferma. Yo creo que es cosa del trabajo, se pone muy triste cada vez que lo nombramos...

—¿Habéis ido a un profesional? —preguntó Matilde.

—Sí, pero ya ves...

Se despidieron y se fueron a casa. Federico hizo muchas preguntas. Al final Matilde le contó lo que ocurría.

—Está de baja por depresión. Llevaba tres meses de baja antes de vacaciones, no sale de casa —dijo Matilde.

Ahora que hay fiestas es un buen momento para salir y superar su depresión. Anímala a salir... —dijo Federico—. Hay que ayudarla.

—Ya me gustaría —dijo Matilde—. Pero no sé cómo.

—Deberíamos solucionar el problema que tiene en el trabajo primero, para que Mari Carmen se ponga bien y pueda volver a trabajar —dijo Federico.

—¿Cómo has sabido que tiene problemas en el trabajo? —preguntó Matilde—. Yo no te lo he dicho...

—Ya no soy tan niño como piensas...

—¡Vale! ¿Cómo piensas solucionarlo?

—Hablando... Es lo que tú me has enseñado —dijo Federico.

—En nuestro trabajo hay un par de personas que... El diálogo no es posible con ellas.

—En mi colegio también hay varias personas así. Cuando la toman con alguien, le hacen la vida imposible durante un tiempo... Es lo que le pasó a Juan, «el hijo de la mendiga». ¿Te acuerdas?

—Ya me acuerdo, tú le ayudaste... por desgracia con los mayores es mucho más complicado. Se llama «acoso psicológico en el trabajo». ¿Te acuerdas de aquella vez que hice una dieta y perdí diez kilos?

—Sí, ¿por qué?

—Esas mismas personas me hicieron la vida imposible... Ya te contaré.

—¿Y tú qué hiciste?

—Callar, esperar y aguantar... Lloré todas las noches y me dormia a base de somníferos hasta que llegaron las vacaciones y las perdí de vista. Cuando volvimos de vacaciones, yo ya había engordado dos o tres kilos y me dejaron en paz.

Cuando llegaron a casa se sentaron a hablar del problema del *acoso* en nuestra sociedad. Federico recordó que cuando eran pequeños había una pandilla que perseguían a José Damián y a él hasta su casa.

—Ya me acuerdo —dijo su madre—. Yo fui a hablar con la maestra de un posible problema de *bullying*... se solucionó ¿no?

—Sí, cuando le planté cara a Julio, nos dejaron en paz y se metieron con otros... —dijo Federico—. Tampoco fue tan grave...

—¡Ya! —dijo Matilde—. Esas personas que nos acosan en el trabajo tampoco hacen nada físicamente pero... Cuando la cogen con alguien, le hacen la vida imposible. Primero me tocó a mí con lo de la dieta, me tenían envidia porque estaba más delgada y guapa que ellas. Ahora le ha tocado a Mari Carmen, le tienen envidia porque es mucho más inteligente que ellas...

Matilde y Federico buscaron por Internet «acoso moral en el trabajo». Incluso leyeron párrafos de un libro sobre el tema: «Cómo sobrevivir al acoso psicológico en el trabajo». Así descubrieron la gran cantidad de gente que lo padece en nuestra sociedad. Federico lo leyó en voz alta.

«Las personas que lo padecen pueden reaccionar de dos formas: se puede asumir el papel de "víctima" o el papel de "resistente activo". Asumir el papel de "víctima pasiva" implica depresión. Luego necesitaría tratamiento psicológico. Suelen aparecer bajas laborales recurrentes.»

—Ese es el caso de Mari Carmen que desarrolló ese pánico a salir a la calle como modo de protegerse para no tener que ir a trabajar

—reconoció Matilde.

«El "resistente" puede pasar a la ofensiva y hacerle notar al perseguidor que una batalla puede ganarse o perderse, pero que la lucha continúa.»

—Es lo que tendríais que haber hecho tanto Mari Carmen como tú.

—Yo cuando le planté cara al pesado de Julio fui un "resistente activo" —dijo Federico.

—Mari Carmen es muy inteligente y tiene ideas innovadoras. Las compañeras más antiguas, se creen las mejores en todo y no lo pueden soportar esto.

—¿De verdad son las mejores en algo? —preguntó Federico.

—Tienen mucha labia y don de gentes. Tienen buena parte de la plantilla dominada para que les pasen chismes y que nada se les escape de las manos. Dominan a todos a su conveniencia.

—Dos preguntas —dijo Federico—. La primera: «¿De verdad son mejores que los demás?». La segunda: «¿Qué haces tú para ayudar a Mari Carmen?»

—No —dijo Matilde—. Mari Carmen es mucho mejor que ellas, tanto como persona como profesional. Tal vez vean una amenaza en ella, una posible competencia para si un día ascienden, no sé, tendrán miedo a perder su liderazgo. Lo que no puedo soportar es que las acosadoras hablen de ella sin ningún respeto y que "la camarilla" que se crea en torno a ellas les rían la gracia, dicen mentiras sobre Mari Carmen, se meten en su aspecto físico o su vida personal... Incluso las mismas personas que rodean a "las acosadoras" dicen barbaridades de Mari Carmen para ganar puntos con "las acosadoras" y formar parte del liderazgo...No lo puedo soportar. A veces les contesto, otras, me levanto y me voy, otras, me callo para evitarme problemas. Es horrible... Estoy muy a disgusto en el trabajo. No estoy de acuerdo con lo que hacen pero sé que si les planto cara de forma radical a esas personas, me pueden coger manía y hacerme la vida imposible a mí...

—Tenemos que parar eso, mamá —dijo Federico—. Si queremos que Mari Carmen supere la depresión y pueda volver al trabajo hemos de conseguir que deje de ser «una víctima» y pase a adoptar el papel de «resistente activa»... Pero no sé cómo...

—Yo tampoco —dijo Matilde—. Lo más difícil será encontrar personas que reconozcan la valía de Mari Carmen y le ayuden a plantarles cara a las personas «acosadoras». Al igual que yo hay muchas personas que están de parte de Mari Carmen pero no se atreven a enfrentarse a ellas. Así que, nos callamos, aguantamos como podemos, y contamos los minutos que nos quedan cada día para salir del trabajo... Estamos muy a disgusto. Lo peor del asunto es que, si continúan perdiéndole el respeto y desacreditándola las compañeras acosadoras, Mari Carmen nunca podrá ascender en su trabajo y, si sigue en baja reincidente, acabarán echándola...

—Yo creo que Mari Carmen tiene tanto miedo de volver al trabajo que le entra el pánico a salir de casa —dijo Federico—. Cuando la pandilla de Julio nos perseguía al salir del colegio, yo tampoco tenía ganas de ir al colegio.

—¡Claro! —dijo Matilde—. En casa se siente protegida, valorada, querida y a salvo. He de decirle eso a su marido que mi hijo acaba de descubrir la causa de la enfermedad de Mari Carmen… ¡Estoy emocionada! Acabo de tener con mi hijo una conversación de adultos…

—Lo sé, mamá.

Los dos se abrazaron.

—Si digo lo que opino, ¿Te vas a enfadar? —preguntó Federico.

—No.

—Cuando yo tenía cinco o seis años y llegaba a casa asustado porque aquellos niños nos perseguían a José Damián y a mí ¿recuerdas qué me decías?

—Os decía que no les hicierais caso… O que les plantaseis cara —dijo Matilde—. Y tú, ¿recuerdas cuándo dejaron de molestaros?

—Cuando nos enfrentamos a ellos. Fue muy duro y tuve mucho miedo —dijo Federico—. Aún tiemblo de pensar en aquella vez que tuve que pegarle un bofetón a Julio para que dejara de pegarme pellizcos y molestarme en la fila de clase.

—Pero os dejaron en paz.

—Sí —reconoció Federico—. Pues ya sabéis lo que tenéis que hacer Mari Carmen y tú con esas personas que os acosan en el trabajo…

—No sé si tendremos valor… Con los mayores es mucho más difícil.

—Nunca es fácil —dijo Federico—. He de consultar una cosa, mamá. Quizás haya otra forma de ayudaros. Voy a mi habitación que quiero consultar unas cosas por Internet.

Federico fue a su habitación a comunicarse con Genio.

—Genio, ¿puedo contarle nuestro secreto a mi madre?

—Por supuesto que no... Podría llamar a la prensa y montar un escándalo...

—No lo hará.

—No podemos arriesgarnos a que me conozca. En todo caso aceptaré que le cuentes sobre un programa para viajar en el tiempo en tu ordenador y que lo puedes usar para hacer el bien y ayudarles. Pero ni se te ocurra nombrarme.

—¡Vale! Hasta luego.

.   .   .

Federico bajó corriendo y le contó a su madre la historia del programa para viajar en el tiempo que apareció en su ordenador.

—¿Me prometes guardarme el secreto?

—Vale —dijo su madre—. Mejor no se lo contamos a nadie... No nos creerían. ¿Seguro que podemos volver atrás en el tiempo para arreglar esto? ¿Y qué vamos a hacer?

—Plantarles cara a esas «personas acosadoras» la primera vez que os molestaron en el trabajo.

—Está bien —dijo Matilde—. Lo haré con una condición: que tú también viajes en el tiempo y le plantas cara a Julio, aquel niño que empezó a pellizcarte a los tres años y que no tuviste valor para pegarle un buen bofetón hasta que tuviste seis... ¿Qué tal si le plantas cara la primera vez que te molesta?

—¡Hecho!

121

—¿Cómo lo hacemos con Mari Carmen? ¿Cómo va a viajar en el tiempo sin que se entere?
—preguntó Matilde.

—No va a recordar nada cuando regrese ni los demás que se relacionen con ella tampoco. Este programa funciona así —explicó Federico.

—Vamos a despedirnos de papá —dijo Matilde.

—No hace falta —dijo Federico—. Nadie se va a dar cuenta.

Mamá preparó la cena mientras Federico buscaba con las imágenes del ordenador para averiguar los puntos exactos en el tiempo que debían viajar su madre, Mari Carmen y él mismo para que contraatacasen la primera vez que les hicieron algo injusto.

Vieron imágenes de después que Matilde hiciera una dieta en la que perdió muchos kilos y se quedó más guapa que sus compañeras.

Federico vio cómo una compañera le preguntaba a su madre con aires de superioridad.

—¿Cuántos kilos has perdido?

Matilde no quiso contestarle.

—Estás totalmente anoréxica. Con lo guapa que estabas antes... ¿A quién se le ocurre perder tanto peso?

Otro día que Matilde quiso expresar su opinión sobre un asunto importante, le faltaron al respeto y no la dejaron hablar.

—Sobre eso yo opino que...

—Perder peso te ha absorbido también el cerebro... ¡Se te ocurre cada manía!

Todos los que escuchaban le rieron la gracia a aquella compañera y ya nadie escuchó la opinión de Matilde cuando por fin logró expresarla. Federico vio unas imágenes más pero cortó, no pudo más. No podía soportar ver a su madre así derrotada. Genio no le dejó seguir.

—¡Déjalo! ¡Este asunto te afecta demasiado! Eres demasiado joven para esto... lo va a hacer Martín.

Martín entró a través de su ordenador y programó el ordenador para hacer volver a Matilde a la primera escena, el primer día que le preguntaron por su peso. Martín le envió los datos al ordenador de Federico. Éste se fue junto a su madre con el ordenador programado para viajar en el tiempo juntos.

Aparecieron a la habitación continua a donde estaba la otra Matilde con sus futuras acosadoras.

—Tenemos que hacer salir a la otra Matilde de ahí para poder entrar tú —dijo el Federico trasladado en voz baja.

El Federico trasladado cogió un móvil que había encima de la mesa.

—No hagas eso —dijo la Matilde trasladada.

—Tengo que llamar a la otra Matilde para que la dejen salir. Apaga el móvil.

El Federico trasladado marcó el número de su madre. Sonó el móvil de la otra Matilde de la otra habitación.

—Diga.

—Soy yo, mamá. Me encuentro mal. ¿Podrías llevarme al médico?

—¿Qué te pasa? ¿Dónde estás?

—A la puerta del ayuntamiento. Por favor...

—Ya voy. Adiós.

El Federico trasladado colgó el teléfono y fue corriendo escaleras abajo. La Matilde trasladada se escondió para no encontrarse con la otra Matilde que bajaba a buscar a su hijo. Conectó el móvil. Dejó pasar un tiempo y volvió a entrar haciéndose pasar por ella misma.

—¿Cómo está tu hijo? —le preguntaron.

—Es sólo un poco de gripe. Le he dado una medicina y lo he mandado acostar.

—Y te has cambiado de ropa...

—Ha vomitado...

Aquella tarde fue diferente a la primera vez. Sus compañeras, aunque se mostraban orgullosas y con aires de superioridad, fueron amables con ella y no le mencionaron el tema del peso.

La Matilde trasladada estaba esperando una salida de tono para plantarles cara pero no hubo ocasión.

El Federico trasladado estaba en su habitación fingiéndose enfermo mientras su otra madre le preparaba una sopa caliente, miraba las imágenes a través del ordenador de lo que estaba pasando en el ayuntamiento. Era casi hora de cerrar y no había pasado nada.

Había otro problema, el otro Federico, que había estado jugando a casa de José Damián, estaba volviendo a casa. Había que arreglar aquello.

El Federico trasladado bajó a la cocina y habló con su madre.

—No hace falta que me prepares la sopa... Ya estoy bien... Me voy a casa de José Damián un poco...

Y salió corriendo para que cuando regresara el otro Federico de casa de José Damián, Matilde no se sorprendiera.

El Federico trasladado se volvió al ayuntamiento para recoger a la Matilde trasladada para volver en el tiempo al futuro con el ordenador portátil que habían escondido en el ayuntamiento.

Ya en casa Federico quiso comprobar el resultado de la operación. Le preguntó a su madre.

—La madre de un amigo tiene problemas en el trabajo porque ha hecho una dieta adelgazante, se ha quedado muy guapa y una compañera del trabajo le tiene envidia y la está acosando. ¿A ti te ha pasado alguna vez?

—No —contestó Matilde—. Una vez yo perdí peso y me quedé muy bien. A un par de compañeras no les gustó. Me miraron de reojo durante un tiempo pero no me dijeron nada...

Federico comprendió que su madre no recordaba nada de su aventura. Cogió una manzana del frutero que había encima de la mesa y se puso a comer.

—¿Y Mari Carmen?

—Esa ya es otra historia... Una historia mucho más complicada.

—Hasta luego...

Federico se fue corriendo a su habitación, llevaba la fruta con él. Estaba nervioso.

—No puedes ni comer tranquilo... —dijo Matilde.

Ya en su habitación pudo hablar con Genio.

—La realidad ha cambiado, ¿por qué? —preguntó Federico.

—Porque esas personas tienen un gran don de gentes y se han dado cuenta de que tu madre estaba tramando algo... Ya ves, nunca llegaron a acosarla —dijo Genio.

—Y no es fácil pillarlas...

—No, no es fácil —dijo Genio—. A lo mejor, no son tan malas...

—Pero han de dejar de hacer sufrir. Si la gente no es como ellas no pueden faltar al respeto así.

—Hemos de intentar solucionar el problema de Mari Carmen...

—¿Cómo?

—No tengo ni idea —dijo Genio—. No podemos hacer lo mismo que con tu madre porque *las acosadoras* se darían cuenta. Lo consultaremos con la almohada, vete a dormir.

Al día siguiente a mediodía Federico fingió que tenía sueño y se fue a hacer la siesta en su habitación. Encendió el ordenador. Ya tenía un correo de Martín con el momento exacto del tiempo que tenía que hacer volver a Mari Carmen al pasado e intentar solucionar su problema.

Federico entró en el programa «Viajar a través del tiempo», y luego, «Viajar al pasado», y finalmente, «Cambiar el pasado».

.   .   .

Estaba llamando a la puerta de Mari Carmen con el ordenador portátil en la mano. Mari Carmen le abrió.

—Te he traído un juego de ordenador muy complicado. Ha dicho mi madre que eres muy inteligente…

—¿De verdad ha dicho eso de mí? Hace tiempo que nadie me valora…

—Deberías plantarte delante de esas compañeras que te hacen la vida imposible en el trabajo y decirles todo lo que piensas de ellas…

—¿Cómo? ¿Quién te ha dicho eso?

Federico puso «Aceptar» en el ordenador portátil que llevaba ya preparado. Mari Carmen y él viajaron en el tiempo.

—¿Qué está pasando? —preguntó Mari Carmen cuando todo se volvió oscuro.

—Vas a tener la oportunidad de cambiarlo todo.

—Yo no quiero volver...

Entonces vieron a la otra Mari Carmen que se iba a trabajar.

—Pero si soy yo... ¿Qué está pasando? —dijo la Mari Carmen trasladada sin ser oída.

—Creo que has viajado en el tiempo para solucionar un problema y que no tengas aquella enfermedad en el futuro...

—¿Hemos viajado en el tiempo?

—Eso parece —dijo el Federico trasladado—. Vamos a seguirla...

El Federico trasladado y la Mari Carmen trasladada siguieron a la otra Mari Carmen hasta su trabajo con mucho cuidado de no ser vistos. Por fin llegaron.

La otra Mari Carmen se quedó de pie ante la puerta de su oficina. Sus compañeras estaban dentro diciendo barbaridades de ella riéndose sin ningún tipo de respeto. Por fin alguien miró la hora.

—Callaros que está a punto de llegar...

La otra Mari Carmen se fue a llorar al aseo. La Mari Carmen trasladada sabía que estaría al menos un cuarto de hora llorando y quiso entrar para pararles los pies.

—Ya basta de decir mentiras sobre mí, ¿qué os habéis creído?

—¿Qué mentiras? —dijo una—. ¿Qué pasa contigo? Siempre con sus manías?

—Mari Carmen tiene mucha imaginación... Llega tarde, trabaja mal y quiere ser mejor que las demás... Es una listilla ¿no?

—Hoy nos ha venido con ropa de ir por casa...

Sus dos compañeras siguieron criticándola como si ella no estuviera presente. La Mari Carmen trasladada había olvidado la ropa que llevaba cuando viajó a través del tiempo. Se miró: iba con la ropa vieja y semi-manchada que llevaba cuando Federico se la llevó de casa sin avisar. Se avergonzó, se sentó en silencio en su silla y calló mientras sus compañeras siguieron criticándola.

El Federico trasladado, que observaba desde fuera se dio cuenta que habían metido la pata y le clavó la uña al implante de Genio.

—Genio, ayúdanos.

—Tranquilo, está controlado —dijo Genio a su oído—. Martín y yo también hemos viajado en el tiempo. Martín ha estado grabando todo lo que han dicho, incluido el llanto de Mari Carmen.

En ese momento el Martín trasladado hizo su entrada en la oficina. Se acercó a una esquina y apagó la cámara.

—Ya tenemos la prueba que necesitamos —dijo el Martín trasladado.

—Es ilegal grabar a la gente —contestó una de las compañeras.

—Quizá tengamos una orden del juez y testigos... yo en vuestro lugar tendría cuidado... —dijo el Martín trasladado.

Por suerte, las compañeras acosadoras de Mari Carmen no reconocieron a Martín.

—Se puede saber quién es usted...

—Ya sabrán de mí... Las estoy vigilando.

Entonces el Martín trasladado se dirigió a la Mari Carmen trasladada.

—Venga conmigo —le dijo el Martín trasladado a la Mari Carmen trasladada— necesito tu firma.

—Con mucho gusto —dijo ella.

—No hagas eso o tendrás problemas... —le dijo la compañera líder de las acosadoras.

—Creo que no soy yo la que tendrá problemas... —dijo la Mari Carmen trasladada.

La Mari Carmen traladada salió de la oficina con una sonrisa que hacía tiempo que no tenía.

—¡Por fin! —le dijo el Martín trasladado guiñándole un ojo.

—Entonces usted es policía...

—No, pero ellas no lo saben... —respondió el Martín trasladado.

Antes que la Mari Carmen trasladada reaccionara e hiciera más preguntas embarazosas que el Martín trasladado y el Federico trasladado no supieran contestar, o alguien los viera y les causara problemas, se fueron.

Mientras el Martín trasladado y la Mari Carmen trasladada habían estado dentro con las compañeras acosadoras, el Federico trasladado había preparado los portátiles para regresar al futuro. Los tenían en una estantería que había semi–escondido en un rincón del pasillo. Cuando estuvieron todos lo suficiente cerca, el Federico y Martín trasladados pulsaron «Enter» y todo se hizo oscuro.

Todos regresaron a casa de Mari Carmen. Federico sentado al sofá con ella y Martín estaba a la puerta. Llamaron al timbre. Abrió Federico.

—¡Hola Martín!

—¡Hola Federico!

—¡Hola! —dijo ella sorprendida de verlo—. ¿Quién es tu amigo?

—Mi profesor de taekwondo...

—¿No se acuerda de mí? —dijo Martín.

—No —dijo Mari Carmen con seguridad—. Me conocerá del ayuntamiento... Yo trabajo en el ayuntamiento, ¿sabe?

—¿No estaba usted de baja?

—No —contestó Mari Carmen—. No he estado de baja en mi vida. Creo que me confunde con otra...

—Perdone señora, creo que la he confundido.

—No me has dicho qué querías...—le dijo Mari Carmen a Federico.

Federico se inventó una historia.

—Preguntarte si saldréis con mis padres esta noche...

—Pues sí.

—Vale. Adiós.

Federico se fue a su casa. Estaban esperándole para comer.

—¡Date prisa! —dijo Matilde—. Lávate las manos y siéntate a la mesa. Esta tarde a las cinco menos cuarto hemos de estar listos. Hemos quedado con Mari Carmen y su familia para ir a ver los toros desde el cadalso y luego a merendar. Tenemos que comer pronto y ya son las dos.

Federico se dio cuenta que el futuro había cambiado para bien. Nadie recordaba nada. Todos actuaban con normalidad y los problemas habían desaparecido. Comió con ganas. Los macarrones no le duraron ni un periquete.

—¿Quedan más? —preguntó Federico.

—No —dijo Matilde—. Come fruta.

Federico se comió un plátano. Seguía teniendo hambre.

—Comes mucho, hijo —dijo Matilde y le dio un flan.

—¿De qué son los bocadillos esta tarde?

—De tortilla con longaniza.

—¡Bien! ¿Puedo ir a mi habitación a descansar?

—Con tal de que dejes de comer... —bromeaba Matilde—. Dame un beso, anda, grandullón...

Federico se tumbó en la cama satisfecho a descansar. Pronto oyó la voz de Genio.

—Teníamos que arreglar tres asuntos ¿recuerdas? —dijo la voz de Genio en su oído. Nos falta por arreglar el problema de Julio. Aquel niño que te pellizcaba cuando ibas a infantil.

—Ya está arreglado —contestó Federico.

—Yo creo que no —contestó Genio—. Además, se lo prometiste a tu madre...

—No se acuerda... ¡No quiero volver al pasado! ¡Ya fue lo bastante desagradable la primera vez!

Genio lo dejó en paz. Tuvo que reconocer que Federico era humano. Como a todo ser humano le resultaba dar consejos a los demás más que aplicárselos a sí mismo.

Aquella tarde fueron a los toros. A la hora del descanso, después de merendar, Julio se fue a jugar a toros con la pandilla. Federico no tuvo ganas de ir a jugar con ellos porque no soportaba a Julio. Así que Federico se quedó solo jugando a la consola en un rincón.

—¿Estás seguro que no hay ningún problema? —le susurró la voz de Genio.

—No me lo trago —dijo Federico.

—Aún estás a tiempo de cambiar eso...

—Está bien.

Martín que estaba detrás de Federico apretó «Enter» en su portátil preparado para viajar en el tiempo a la infancia de Federico, cuando éste tenía tres años.

Regresaron a la escuela. Tenían un problema: ni el Martín trasladado ni el Federico trasladado encajaban a la clase de Infantil. Se pincharon la pulsera con la uña para hacerse inmediatamente invisibles. Se metieron en la clase.

El Federico trasladado se metió en el armario donde el Federico pequeño era pellizcado cada mañana por el pesado de Julio. El pequeño Federico entró a dejar su chaqueta al armario de la clase. Julio fue detrás y le pegó un fuerte pellizco al brazo.

El Federico trasladado invisible le descargó a aquel enano la patada más fuerte que había pegado en su vida. Julio cayó plegado rodando por la clase. Todos los niños y niñas de clase miraron al pequeño Federico con admiración. Este puso cara de felicidad.

—¿Qué ha pasado? —dijo la señorita.

—Federico me ha pegado una patada —dijo Julio.

—Se ha caído solo —dijo el pequeño Federico.

—Yo lo he visto —dijo una niña que había a primera fila para dejar la chaqueta—. Julio le ha pegado un pellizco a Federico y luego se ha tirado al suelo...

Julio se puso rojo como un tomate.

—Lo ha hecho para que castigasen a Federico por su culpa... —dijo alguien.

—¡Ya basta! —dijo la seño—. A partir de ahora, sólo ira una persona al armario a dejar la chaqueta cada vez. Julio se quedará a pensar a la hora del patio a la sombra del árbol.

El Federico trasladado no recordaba haber sido tan pequeño. Pero quiso quedarse invisible hasta la hora del patio en aquel rincón de la clase. Se sentía bien siendo querido y respetado por toda la clase.

Luego el Federico trasladado no quiso perderse la hora del patio. Vio a Julio castigado debajo del árbol allí sentado y solo. Julio le dio un poco de lástima. De repente, Julio se levantó y se dirigió a la seño.

—Seño, ya he pensado.

—¿Qué has pensado?

—Que debo pedirle perdón a Federico.

—¡Buena idea!

La seño mandó llamar al pequeño Federico y tuvo lugar una escena muy importante en la vida del pequeño Federico. Por desgracia el Federico trasladado no lo recordaría porque el Martín trasladado, que estaba invisible al lado del Federico trasladado, apretó Aceptar y el Federico trasladado regresó al futuro sin recordar nada.

Todo se hizo oscuro. Federico estaba sentado solo jugando a la consola. Julio lo llamó.

—¿Te vienes, Fede? —dijo Julio.

—¡Vale! —contestó Federico.

Apagó la consola y se fue a jugar con el grupo.

—No sabía que eras amigo de Julio... —le susurró la voz de Genio al oído.

—¿Por qué?

—Por nada.

Federico jugó toda la tarde con sus amigos. Luego volvieron al cadalso a ver la vaca confitera, en la que se tiraban caramelos para los más jóvenes, un par de vaquillas más y la salida. Lo que más le gustó a Federico fue una conversación que oyó entre su madre y su amiga Mari Carmen.

— Acabo de leer en el periódico que el «acoso laboral» es uno de los principales problemas de nuestra sociedad.

—¡Qué suerte tenemos de tener un trabajo tan agradable!

—Sí, estoy de acuerdo contigo.

Luego Genio le susurró en su mente.

«Misión cumplida», dijo Genio. «Ya hemos resuelto los tres asuntos pendientes.»

«Sólo teníamos dos», protestó Federico. «¿No puedes dejarme disfrutar de las fiestas tranquilo? Por favor... Estoy con mis amigos...»

«¡Vale! Disfrutas de las fiestas... Te lo mereces.»

Federico estaba muy cansado de tanto jugar, la merienda ya quedaba lejos y se sentó con sus amigos a tomar un helado a la terraza de un bar.

Fueron unas fiestas estupendas. Duraron muchos días. Genio observaba como Federico jugaba con sus amigos. Su amigo, el chico humano, crecía y cambiaba. Llegaría un día que se haría mayor y tendrían que separarse. Pero no quería preocuparse en aquel momento por eso. Unos momentos de felicidad así no tenían desperdicio y había que vivirlos intensamente...

CONTENTS (p. 138).

0. INTRODUCTION

Frederick was a child with lots of imagination, and very skilled in computers. When he was younger a strange magician dressed as a clown sold a computer game to his father and him at a fair one day. It was a computer game to develop fantasy and imagination.

Something strange happened. A goblin was trapped in the programme, and only a child could pass all the screens of the game and free the goblin free. Frederick was this child, and the goblin is his friend Genius now.

Genius chose Frederick as his sidekick to save the world. Genius promised to protect Frederick from danger. And Frederick promised to keep their secret. Frederick wore a bracelet and a necklace which were magic. The implants, that helped him to communicate with Genius, were visible only to Frederick.

Frederick could communicate with Genius through his mind. Genius who was a goblin and a computer programme at the same time, could also do magic. He was unique.

1. A MAGICIAN WITH SERIOUS PROBLEMS

In general Frederick had only found wonderful adventures with his friend Genius who was both a goblin and a computer programme. Frederick still remembered the time Genius and he were vitiated by play. Genius was changed by Facundo, a bad goblin and he almost didn't come out of it. But, mysteriously, when all seemed lost, his parents caught him and put things back in their place.

Frederick spent a large time in front of the computer. His parents didn't know about the presence of Genius or the adventures they shared together.

That morning when Frederick woke up he had a strange feeling that something bad had happened to Genius. He called Genius as he usually did; he pressed the implants of his bracelet. Nothing happened. He tried his necklace.

'I'm here,' said a strange voice in his head. 'Can you hear me? Frederick, come, come, come...'

'Oh no! Not again!' said Frederick looking around his room.

His posters were on the wall as usual. His action figures filled the shelves along with books and dictionaries.

There wasn't any unusual change in his room. The voice continued.

'Not again, what?'

'Another crazy goblin that has Genius trapped and wants to conquer the world with my help.'

'You are right, but I'm not crazy. I'm the most intelligent being you'll know in your simple life.' the voice said. 'How did you know? I thought I was The Wise Magician...'

'I want to see you and know what has happened to my friend Genius,' said Frederick.

'Turn on your computer, the programme which you know.'

Frederick turned on his computer and saw the image of The Wise Magician. He looked like a magician god from ancient Greece in a black robe with a hood, a long white beard that reached almost to his waist. Before him was the dragon with fire in his belly. The magician's hands were extended. It seemed that he was casting a spell. It was really scary.

'You look like a magician god from ancient Greece,' said Frederick. 'How did you come to the XXI century?'

'I am a divine man,' said The Wise Magician. 'By the way, how did you know I was a magician god from ancient Greece? I didn't say anything...'

'I know it from my computer. After seeing you on

141

the screen I used the Internet and I got the information about you...'

'Really? I must get up to date with the magic of the 21st century, you must teach me to use the Internet,' said The Wise Magician. 'What else have you learned?'

'Not much. The information given is very general. In a page I've entered, there is an article about the magicians Orpheus, Pythagoras and Empedocles. It describes some wizards as divine men, because of their ability to dominate animals and overcome human time-space limits (they could be in two places at the same time, for example). Later other magicians could cure the elderly, they influenced time and summoned the dead, blah, blah, blah... The rest doesn't interest me.'

'My speciality is human time-space limits.'

Frederick felt he was coming into an adventure like the heroes he followed in television series. His curiosity was stronger than him. He kept asking.

'How did you come from ancient Greece to the twenty-first century? Have you travelled in time? Or perhaps you've managed to create a parallel universe where my friend Genius doesn't exist and you took his place?'

'I see you're a smart boy. How did you know this? Have you looked it up on the Internet while we were talking?'

'No, I've seen it in movies. But if you want we can look online.'

'I have to materialize in your room to see what is on your computer. If you let me, I promise not to hurt you...'

142

'Okay, I will teach you to use the Internet,' said Frederick. 'But with the proviso that after you take me back to the parallel universe where Genius is.'

'OK,' said The Wise Magician.

An image, which looked like a projection, appeared on the wall.

'Sorry,' said The Wise Magician. 'You can only see me like that. My body has long been too damaged to show its true appearance.'

'No problem,' said Frederick. 'We have to hurry up. If I don't go downstairs to have breakfast in fifteen minutes, my mother could get angry.'

'Your mother shouldn't see me.'

'Can she see you?'

'I'm afraid so. I do not know what Genius did to be visible only to you. I asked him, but he didn't tell me. He didn't want to share it with anyone...'

'It would be for something...'

'It's a long story. When you see him, he'll tell you.'

Frederick quickly explained to him how to find information on the Internet with Google or Mozilla Firefox. They found «Parallel Universe».

«The parallel universes are a mental conception, which bring into play the existence of multiple universes or realities more or less independently. The development of quantum physics... »

'Don't go on, please,' said The Wise Magician. 'It looks like science work. That is not what interests me. If you don't leave your room right now, your mother is going to catch us. Go. I'll turn off the computer and hide in the wardrobe until you return.'

Frederick spent the whole day wondering what The Wise Magician wanted. In particular he wondered if

143

he would keep his word to give Genius back. That day was long. When he was finally at home and had finished his homework, his friend Joseph Damien, who didn't know anything about his magical friends, came to play with action figures. They still played for half an hour. At last he reached his room.

'You can come out, Wise Magician,' he said while he turned on the computer.

'I'm out,' answered the voice. 'In fact the wardrobe is very uncomfortable and I learned to become invisible. So, I can be where I want and go anywhere... If you prefer it, I will project the image in order that you know where I am.'

'OK,' said Frederick. 'But first I want to know what you did today, where you were, and what do you want from me.'

'That is a lot of questions, my boy. For now I need your computer to keep in touch with a hacker who helps me to get into any computer around the world...'

'It is illegal,' protested Frederick. 'I'm not going to leave you my PC for it...'

'I'm afraid it's too late. I have already entered... we are the most rich and powerful in the world.'

'How? I don't want it... Give me Genius back.'

'First you have to help me. For now I just have to use your computer.'

'For what purpose?'

'To have enough gold from this world. When I return to the past I will be the richest wizard in history.'

'How will you get the gold? Where from?'

'From the gold banks.'

'You can't take it and I'm not going to help you... even if I lose my friend forever...'

'Yes, I can,' said The Wise Magician. Although you can't see my real body, that doesn't mean that it doesn't exist or it can't take things...'

Frederick was getting hotter and hotter as the conversation progressed: head, body, legs, hands, heart...

'I'll talk with my parents and we'll denounce this...'

'They won't believe you. You have no proof... I have you in my hands. You can't do anything.'

145

Frederick looked at his computer and he saw that The Wise Magician had been using it. Some icons were missing. New ones had appeared. Opening *Home* some features not seen before appeared. Everything had changed. He stormed out of his room.

'Fantastic,' said his mother when she found him in the corridor. 'You came on time for dinner.'

They went to have dinner. Matilda, his mother, asked Damien, his father if he knew anything about their gold jewels.

'It's funny I got a pair of earrings from the safe, and when I went to return them two hours later the jewellery box with all the gold wasn't there... Did you take jewellery to clean?'

'No,' said Damian.

'Neither did I,' said Frederick but turned red as a tomato.

'Is there anything that you want to tell us? Any idea about what has happened?'

'I think so,' said Frederick. 'I'm going to solve this.'

Frederick ran to his room. He looked for The Wise Magician but he didn't find him.

'He will have escaped... I hope he never comes back again!'

Frederick looked in his drawers and found the jewellery box in the bottom of his sock drawer. He opened it and it still had all her jewellery inside.

'What have I done!' thought Frederick. 'I let a thief, who is stealing from all city, come into my house. We must stop this and return the jewellery.'

Frederick was trembling with fear and shame; he took the jewellery box and put it on the dining room table. Then he went back to the kitchen where his parents were. He was much calmer.

'It is solved, Mum,' said Frederick. 'I've just found your jewellery box you had left it on the dining room table...'

'How could that be I don't remember?' said Matilda.

'You are working too hard' said Damien.

His mother was still incredulous, she went to the dining room, found nothing was missing and thanked to Frederick, but she had some doubt in her eyes. Damian and Matilda put the jewellery inside the safe.

Frederick could not sleep thinking about the mess he had got into. The gold thief did not appear anywhere. Frederick looked for the gold thief in his room but he wasn't there. In the end he concluded that he had escaped through the window and was making mischief in the city.

He turned on the computer. He got access to the latest programmes which the gold thief had used. He managed to contact the hacker who had helped The Wise Wizard and accessed "Travel through time" and "Switch into a parallel world". The option appeared: "present, past or future". He clicked "present".

Frederick noticed that something strange was happening. He became dizzy. There were some lighting changes. It was his room, but everything was changing.

'Genius!'

'How are you, my friend?' said the voice of Genius. 'Where were you? I have had more than twelve hours without seeing you. You disappeared whilst

147

your parents slept. They think you've been kidnapped. They are looking for you around the city...'

'I've been in a parallel world. The Wise Magician from ancient Greece is using my computer to locate and steal gold. We have to go there and stop it.'

'First you have to call your parents to tell them you're OK. Think of a good excuse.'

Frederick called his parents and explained that he was back home.

'How can you leave without saying anything?' asked his mother.

'I was called by a colleague to study. I didn't want to wake you up, and I left a note on the kitchen table. Apparently, the wind opened the door, the note was blown off, and you haven't seen it. When I came I found it on the floor. We were studying quietly and we ate there. Sorry, I should have called...'

'Of course... Don't do it again.'

Frederick went to the safe and found that the jewellery were there. Then he turned on his computer and found that all their programmes were in place. But the new icon that he had not installed was there, "Travel through time".

'Genius, I need your help,' said Frederick. 'I have to return to the parallel world and stop The Wise Magician to prevent further gold stealing. He is evil and, if he returns to the past with gold he can do terrible things... We have to go and prevent it.'

'Okay.'

Frederick clicked "Travel through time" and "Switch into a parallel world". The option appeared: "past, present or future". He clicked "present".

Frederick was back in his room after becoming dizzy and some lighting changes.

He explored his room and he didn't find the evil magician. Frederick contacted the hacker and found the places that the gold thief would visit and what he wanted to steal from each place.

'Good job,' said Genius. 'Now with the help of my magic I will create a time loop. We will put the gold thief in the loop. The day before he got into your computer. Then he won't steal, he won't come from the past, and the world will remain at peace. When we get that, you have to return any stolen jewels to their former owners.'

First Frederick and Genius moved to each one of the places until they found The Wise Magician. Frederick could not be seen to avoid problems. Frederick had to get close to The Wise Magician in order that Genius could use his magic. There was another problem, The Wise Magician was in an invisible state and only Genius could see him. Genius had to guide Frederick. The Wise Magician felt a presence and attacked him. Frederick was thrown against a wall and he was no longer invisible.

'Sorry guy,' said The Wise Magician. 'I didn't know it was you. How did you find me?'

'My computer.'

'I knew you were a smart kid. At last you've enabled me to become rich and powerful. With this gold you and I'll live like kings. Occasionally I'll come back through your computer, and we will take more gold. Why do you need that stupid goblin?'

'Can I see the jewels?' said Frederick.

'Okay, I will let you see them, but take care of

149

them...' said The Wise Magician and threw the bag containing the stolen jewels.

Frederick looked at them and didn't say anything. He was waiting for Genius' spell effect.

After a few long minutes, the Wise Wizard disappeared. He was just entering the time loop.

.   .   .

Frederick and his goblin were in an invisible state all night going from one place to another, using a plan of the city, to give the stolen Jewels back to the former owners.

Luckily the next day was Saturday and Frederick's mother didn't care that he spent the morning in bed.

When he finally awoke from his exhaustion Frederick wanted to get rid of The Wise Magician's computer programs. Genius allowed him to remove everything related to the hacker and stolen jewellery, but he did not let him remove the option "Travel through time".

'The Wise Magician will always live with the illusion of being rich, but he won't bother us again. If you remove the option "Travel through time" we can't go back and I can't bring it back. We may need it...'

'Okay. Are you sure that we won't have any trouble?'

'Sure.'

Frederick was a little confused, but decided to trust his friend.

2. TAEKWONDO TRAINER

A new dream appeared in Frederick's head: taekwondo. His parents immediately enrolled him in a gym where martial arts were taught. His friend Joseph Damien also enrolled. Joseph Damien didn't change from his white belt and, three months later, left. Frederick, however, had a yellow belt in three months. He liked this discipline. He worked both sport and self protection. He wanted to be a taekwondo champion. Genius encouraged him.

'I would like you to be a martial arts expert.'

'I will enter tournaments and be rich and famous,' said Frederick excitedly. 'In three months I got the yellow belt. In five or six months I'll get the orange one. After nine months, the green belt; one more year and I'll have the blue one. For the brown one I need a year and a half. And two years later I can have the black one. In six years I will be a champion... I know. I've looked it up on the Internet.'

Genius didn't say anything. He was a bit sad thinking of the best way to tell him what happens. In his work of helping people using magic they couldn't be famous or well known.

Frederick divided his time between his taekwondo classes, football matches, his friends, and his studies. Any free time he had after his adventures with Genius was for console games. He was good at games. He finished them in much less time than their friends. His friends admired him and went to his house to play with him. Other times he went to friends' houses. His life was smooth and without too many worries.

Frederick's strength increased significantly. When his mother could not lift anything or there was a jammed stuck door she called Frederick and he solved it in a minute.

'Tarzan!'

'Here I come!'

He had a good time in taekwondo classes. Those hours were the best in the day. He pumped his adrenaline.

One evening, after removing the taekwondo suit and putting on his clothes, he heard a noise inside the gym.

Students come there.

'What is happening?' asked Frederick.

'One of the trainers has got mad,' answered someone.

Frederick could see that one of the trainers was kicking, and he was breaking mirrors, wooden planks and all the materials that they had. Somebody quickly took the children outside.

Frederick was astounded that he couldn't do anything. When he got home he was upset.

'I was like a statue, goofy. I should have helped. I have been treated like a child... Heroes don't act like that...'

'You are a child,' said Genius. 'It is perfectly normal to be treated like that. You have acted as you should. If you acted otherwise, our secret could have been discovered and we would be finished...'

'What can we do?'

'Turn on your computer and let's find out what happened after you left.'

Frederick turned on the computer and he saw what happened. The other trainers had grabbed Martin that was the name the trainer who had gone mad, fighting. All of them were full of bruises.

Martin was taken to hospital and given strong tranquillizers. The patient was awake. The doctor entered to the room.

'I know what you're going to say, doctor,' said the trainer. So save yourself the hassle. I know I'm dying.'

'It doesn't have to be like that,' said the doctor. You still have a chance if you leave the martial arts and do something else... You could live a fairly normal life.'

'Without taekwondo life is not worth living. That's all I have, my competitions, my students...'

'You will see. If I were you I would think about it.'

153

The doctor left. His colleagues from the gym were waiting to talk to him.

'How are you Martin?'

'It isn't possible!' interrupted Frederick. 'Martin Navarro. He is one of my trainers. He's really good.'

'Don't interrupt and let's go,' asked Genius.

His teammates were talking to him about their things. Suddenly everyone was silent.

'What are you waiting to tell me?' asked Martin. 'What?'

'That I'm fired... Anyway, I'm dying...'

'Oh no! So you lose your nerves,' one of the trainers said. 'We'll talk with the parents. I'm sure that when they know the reasons they won't ask for your expulsion...'

'Leave it all to me!' said Martin. 'The doctor said that I have to leave taekwondo if I want to live.' They all hugged and broke down in tears.

.   .   .

Frederick and Genius, who were on the other side of the screen, also hugged and cried.

'How can we help him?' asked Genius.

'I have an idea,' said Frederick, 'but I'm not sure if it is good...'

'We don't have anything else. Tell me.'

'What do you think my parents would say if I took him home to live with us for a few days?'

'That depends... You should know to use all kinds of martial arts... And he would rather be entertained...'

'Do you think my mum will say *yes*?'

'It depends on the prize,' said Genius.

Frederick and his friend were observing the computer screen which showed the hospital room.

A nurse came and gave him some pills.

'Tomorrow, when the doctor comes, if everything is all right that you'll get your medical discharge,' said the nurse who had spoken with the doctor. 'If you have the medicines... You'll be better at home.'

'I'm not so sure...'

'What?'

'I was joking!' said Martin in no mood to give explanations.

.   .   .

Genius had clear instructions for Frederick.

'You have to talk to your parents if you want to let him stay in the guest room... You have to think of a good reason to persuade them.'

'What if Martin discovers our secret?' asked Frederick. 'If he is in the next room, he may suspect something...'

'What if we tell him?' suggested Genius. 'We could have a partner who know martial arts and protect you in your work. Lately it's been too risky.'

'Do I shall to talk with him? No, no, a thousand times no...'

.   .   .

That night Frederick talked to his mother. As he didn't know how to ask he began hugging her and asking her for a favour.

'Mum, I have to ask you a favour,' said Frederick. 'Could accompany me to visit my taekwondo teacher who is the hospital tomorrow?'

'Of course,' she said. 'What happened?'

'He has a strange illness and for safety reasons he has to leave the gym. He is very sad because taekwondo is his life. He is going to be out of work... Maybe we could hire him for private lessons...'

'That is two favours. We need to talk...'

'He's the best, Mum. He participated in the world championships and he has a house full of memorabilia and awards... He's very sad... he doesn't want to go home... Perhaps we could...'

'That is three favours... We'll see, 'said Matilda.

'For now you can visit him. We'll give him our telephone number and if he needs our help he'll call us.'

'Please...'

His mother began to go over everything.

'Wait, is he that trainer who tried to destroy the gym the other day?'

'I'm afraid so.'

'So you already know the answer, my son,' said his mother. 'We can't allow this trainer to destroy our house... right?'

'Yes.'

.   .   .

Frederick went to his room with his head down. Genius was waiting.

'I'll have to use my magic while they sleep,' said Genius. I can convince your parents to let him stay at your home and I have to change Martin's attitude.'

'I disagree,' said Frederick. 'The human being has the right to choose and make mistakes... We have no right to do that, even for their own good.'

'You weren't so angry when I convinced your parents not to overwhelm you.'

'Did you ask me?'

'No.'

'And why do you consult me now?

'Because I'm not sure whether that's okay or not,' said Genius. 'I've been a long time on earth... And I am beginning to think like a human.'

'Okay, you can do it... But leave me alone now,' said Frederick angrily.

Frederick was exhausted and fell asleep. The next day he didn't call Genius. He was angry. He got dressed quickly and went downstairs to have breakfast.

'When I finish work we'll visit your trainer,' said his mother.

'He was given the medical discharge today, and I don't know where he lives...'

'Okay,' said his mother. 'Have breakfast and then we'll go.'

They had breakfast and went to the hospital in silence. When they arrived the hospital there was another visitor. They waited. Finally they could get in.

'Hey kid! Thanks for coming,' said Martin.

'How are you?' said Matilda. 'My son wanted to come...'

'I am better' said Martin said. 'I can no longer teach in the gym... I have to go home to face my old memories.'

'Why not stay in our house until you feel better? I would like to learn all sorts of martial arts (Karate, Taekwondo, Boxing...). You could give me private lessons two or three times a week, provided that your health is not affected and they are not too expensive,' said Frederick all in one breath in fear that his mother might stop him.

'I won't charge! I have money to live,' the trainer said excitedly. 'Only a few classes from time to time... I'll be fine,' the trainer said and he looked at Frederick's mother. 'It depends on your mother...'

'Okay, but don't forget your other responsibilities,' said Matilda to Frederick.

Frederick embraced her.

'Thanks, Mom, you will not regret it.'

'I hope so.'

'¿Are you sure?' asked Martin.

'Yes, my son is very excited,' said Matilda. 'Frederick is very good at computer science and martial arts'.

'Me too,' said Martin. 'In addition to a martial arts trainer I am a programmer. If your child wants to learn, I have much to teach...'

'When you feel better you can work as a programmer...' said Frederick.

'Maybe.'

.   .   .

They went to the trainer's house to get his things. They helped him not leaving him alone. They went to Frederick's house with Martin as a guest. When they had eaten and everyone was in their room. Genius asked Frederick.

'Tell Martin to come,' said Genius. 'We need him in our missions.'

'And if he says no...'

'There is a spell to make him forget.'

Frederick asked Martin to go to his room if he wanted to share a secret with him. Martin went happily thinking it was a game.

Once in the room Martin accepted the challenge of going into the computer programme to find Genius. He followed the same steps that Frederick had followed before. The programme asked Martin to create a secret key. The trainer wrote something that Frederick could not see. A square of writing appeared. Martin wrote without hesitation.

"Who are you?"

"I'm a goblin. My name is Genius."

"What do you want from me?"

"I need you to help Frederick and me to save the world. We need a martial art expert to protect Frederick in his missions," wrote Genius.

"OK. Actually I have nothing else to do..." Martin wrote half-jokingly, half seriously.

"Can I count on your total discretion?"

"Yes."

"Will you accept the job?"

"Yes."

Martin noticed that something was burning in his wrist and his neck. They were the implants in his necklace and his bracelet that Genius put on his human collaborators.

'Don't get scared,' said Frederick. 'Genius just installed your magic implants in order that he can communicate with you through your mind. Later, when you live at your house we will have to install Genius' programme in your computer, so you can see the images that Genius shows through the computer screen about our missions.'

'What missions?'

'You'll find out later,' replied Frederick.

They were talking until three in the morning. As there was no school the next day, his parents didn't complain about the time, and Frederick could explain in detail to Martin how Genius' programme worked. Genius was both a friend and a computer programme.

'Genius and you have given me back the will to live,' said Martin. 'Thanks.'

Soon Martin wanted to return home. Martin had finally found the will to live that he needed. Thereafter Genius and Frederick had a new member in their group.

3. SOMETHING STRANGE IS HAPPENING IN THE CIRCUS

Frederick and his friend Genius counted with another member in their team for the first time. Martin, the martial arts trainer retired due to his illness, was the ideal person. He would help Frederick when he had problems in his missions. Furthermore, Frederick and Genius gave him the belief that he needed to succeed at the time of his illness: saving the world was an illusion that was worth living.

Genius thought that, given the danger of some of their missions, Frederick needed to be trained in martial arts. Martial arts classes began. Frederick went to Martin's house every day. They practiced martial arts, had contact with Genius, saw images through Martin's computer and finalised the mission of the day.

Frederick's mother let him go on condition that he did his homework before practicing martial arts and computer science (in theory Martin gave him computer classes too). Frederick did his homework, studied as he needed to, and occasionally went to play with friends. Although sometimes things were complicated as when they went to the circus.

'Today we will go to the circus,' said Genius. 'You have to get into the circus community in order to find out something. The Great Circus stays a week in the city. Something strange is happening...'

'Great!' said Frederick half joking, half serious. 'We'll watch their show, and then we will mix with them.'

'If you want to watch the show you must pay an entrance fee like everyone else,' answered Genius.

'But we are saving the world...' protested Frederick.

'True heroes aren't paid for their services...' said Martin. 'But if it gets you so excited, I'll invite you to the circus. I will pay for the tickets.'

'All right,' said Genius. 'So if they catch you when you hide you can say that you are fans.'

They turned on the computer at Martin's house where Genius programme was installed. They saw images of the circus people. But they weren't what Frederick expected. There was no tent or bright costumes. Their faces were sweating and sad. People were trying the same movement over and over again as if someone was forcing them. Looking at the images they could not tell if something was really wrong.

'What is going wrong?' asked Martin.

'I think there are bad people among the true artists,' said Genius. 'You are going to go to the show on Saturday at four o'clock in the afternoon. After the performance you have to be invisible, get into and mix among the circus community.'

The following Saturday, after asking permission from Frederick's parents. Martin took Frederick to the circus. It was a fabulous afternoon about which Frederick had long dreaming. They sat in the front row, and Frederick's hands were shaking with excitement. The lights were turned on, they heard the music and a voiceover was announcing the circus.

'The Great World Circus presents His Majesty the

163

Circus, a new international circus of the highest quality with clowns, fire eaters, contortionists, jugglers, hula-hoop, acrobats, magicians and wild animals.'

A few horses with their riders danced and did stunts to the rhythm of the music. The audience applauded loudly.

'I always wanted a horse,' murmured Frederick.

'My friend has three horses,' said Martin. 'If you want we can go riding one day.'

'Really?'

They stopped talking because the red carpet had just been rolled out, and the juggler was in the ring. The voiceover did not stop. The juggler had already begun. He threw three balls into the air and spun them.

'I also know how to juggle them,' Frederick told Martin.

Then the juggler did the same with four and five small balls, three big balls, five rings, three flaming torches... Frederick was left speechless.

'I will keep practicing...'

Clowns acted. They made a joke about the boy who was next to Frederick. Martin and Frederick were in fits of laughter.

There was an acrobat with unicycles from very small to very high. Frederick was impressed by the man swinging over three metres high in the air. Luckily he managed to finish the exercise. Everyone applauded with broad smiles of relief on their faces.

A magician was announced and he did two performances which have always impressed Frederick: the girl that seemed to be chopped in half and the girl that disappears. All the children in the first row talked about how could her body disappear if her head was still there... It didn't make sense.

Then a very young contortionist, a few years older than Frederick, made her performance. It was amazing what that beautiful girl could do. When she finished her routine, Frederick began applauding loudly.

'Bravo!' shouted Frederick.

She was so close that the girl winked and Frederick blushed. The girl ran happily inside. Martin had a great time.

There was a ten minute break while the acrobat was preparing for his next performance. People bought freshly made popcorn and soft drinks, and children bought helium balloons and bright toys. Frederick bought popcorn and Martin had a can of soda. Frederick asked Genius.

'Can we begin?'

'Not yet,' said Genius. I'll tell you.'

Performances began again. The acrobat appeared. He did several displays with tables and rollers. He was much sadder than in his previous performance. With a lot of concentration he managed to finish the exercise and people clapped excitedly. Frederick could hardly clap because he had a handful of popcorn.

Some clowns began their performance. In the middle of it they began to throw rag balls to the children for them to throw back. The whole audience took part in this show. Frederick caught the ball twice. Both children and adults took part in the show and smiled.

165

Then it was the fire eater's turn. Frederick was impressed when the flame passed through their arms and it didn't burn them. But when they put the flame in their mouth, Frederick was frightened. The first fire eater extinguished his fire ball quickly, but the fire eater woman took a few seconds. The artist smiled, but Frederick was convinced that the fire eater woman had burn her mouth...

'What can they put in their mouth to avoid burning it?' asked Frederick to Martin.

'No idea...'

When the fire eaters finally said farewell smiling with their white teeth, Frederick shouted out in awe.

'It seems that everything went well...'

The hula-hoop girl was announced. She could spin twenty rings at once. Her routine was perfect. She was always aware that any ring might drop. Frederick felt that the girl had a forced smile. The pretty girl who had winked Frederick earlier didn't even look at him.

'There's something I don't like,' said Martin.

'Wait! We'll find out. Wait until the end of the show, please.'

The acrobats were very young. They were spinning and balancing on one wheel that never stopped. Frederick could not afford to lose concentration during their performance until the acrobat looked inside as if someone had appeared unexpectedly.

Frederick looked around and Martin was not there. Frederick got nervous. He went to a corner of the tent and tried to phone Martin. There was no answer. The doorman summoned him.

'Turn off the mobile, please.'

'Sorry,' said Frederick and he obeyed the man.

Frederick returned to his chair until the show finished. He couldn't do anything because the doorman was watching him all the time.

Some people dressed up as TV characters appeared on stage. They danced and waved to the children.

Then a short guy appeared. He danced an Argentine dance with bolas that sounded on a board. The little boy's size was at contrast with the complexity of the dance. People applauded loudly.

The huge domestic and non-venomous snakes were announced. They got a python from a trunk. The snake was carried by two girls among the people and almost everyone could touch the snake's back. Frederick felt strange when he touched the reptile. The first row of children couldn't help having a chill when they saw the snake loose in the middle of the stage. The next snake came out of another box. It was a boa constrictor with nice colours but much larger than the last one. People touched the snake, and it was left in the middle of the stage too. People lifted their feet off the ground and looked askance in case the snakes escaped. Fortunately, the snakes didn't move. One minute later they were taken from the stage.

The voiceover announced the end of the performance. All the artists came out to greet. Everyone applauded loudly. The children went on stage to be photographed with the artists. Others began to make for the exit gate. Frederick took advantage of the disorder to hide where no one would notice. He received a message on his phone.

"I know why the pretty hula-hoop girl was sad. Now I'm putting information together in the yellow caravan. You can contact me through Genius. Don't call me or send messages to my mobile, they might hear us..." wrote Martin.

"OK" wrote Frederick.

Frederick asked Genius to make him invisible to get into the artists' caravans and listen to them. First he found a clown costume and put it on. He was made invisible. The costume fitted him.

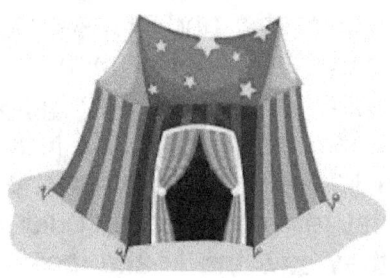

Someone came into the room and spoke to him.

'Hurry up! We have to serve these people or we'll have serious problems,' said a child.

Frederick could not remember becoming visible. He didn't answer and acted like the other child Frederick felt that there was something wrong...

The two children carried trays and went into the caravan where there were some men who looked like the baddies of films. They treated the children badly. The children went out of the caravan.

Frederick didn't talk, but the other child didn't stop talking to him.

'What's the matter Joselu? Can you tell me anything?'

'Let me guess,' said one man who appeared behind them. 'This kid is not Joselu...'

Frederick was puzzled. Too many strange things were happening. First, he became visible without asking. Secondly, someone identified him while he was wearing a mask.

'Oh!' said the man. 'Let me introduce myself. I'm Fadon the Magician, the only magician in the world who can do all kinds of magic, from sleight of hand to travel in time or see the invisible.'

'Sorry, sir,' said Frederick. I just wanted to know the circus. I went to look in a caravan. I was curious. I found this costume... Please don't tell my parents!'

'OK,' but on one condition. 'I won't say anything if you don't mention anybody you've seen in here...'

'It's done!' said Frederick.

'Take off your costume and get out of here.'

Everything was dark. Frederick reappeared in his own room at home.

'Why did you get me out of there?' asked Frederick.

'Because he was about to see your face,' said Genius. 'And because your mother thinks you came from Martin's house, and she called you twice for dinner...'

At that time Frederick and Genius looked at the images on the computer screen.

'Who is that boy?' asked one of the baddies.

'I thought he was only a curious child.'

'I'm not sure,' said another baddy. 'Fadon is taking care of it...'

169

'You had to take care tonight everything is ready for the delivery tonight, and tomorrow we'll go to another city. Remember! At ten o'clock we are meeting them here.'

.   .   .

'Where is Martin?' asked Frederick. 'He's watching the baddies,' said Genius. 'Don't worry, go and have dinner. I'm in touch with Martin and everything is under control.'

Frederick felt jealous and angry. Martin had taken the important mission while he had been sent to have dinner like a small child.

When he returned from dinner he looked at his computer screen. Martin had called the police. They had got there on time and had arrested the drug dealers. Some dealers had escaped but Martin had caught them using martial arts. No one had seen Martin because he was invisible.

'Time to go home to Martin,' said Genius.

'And what about Fadon the Magician?' asked Frederick. 'Do you know where he is?'

Genius asked Martin about it. Frederick heard the answers in the computer.

'Who is Fadon?' asked Martin. 'There wasn't a magician among the baddies. Only four people...'

'There were four people at the table and also the magician,' said Frederick.

'I have a bad feeling,' said Genius. 'Look at your computer, in "Recent programmes".'

Frederick did what Genius asked. The programme "Travel through time and Switch into a parallel world" had been used recently.

'Don't tell me that Fadon used my computer to travel through time,' said Frederick. 'And how could he bear my computer?'

'Through you,' said Genius. 'Before, I brought you, I'm afraid I brought him too... He's been invisible in your bedroom and when he saw that the police were intervening he travelled to a parallel dimension...'

'We can also travel through time and catch him,' said Frederick.

'Yes, we could,' said Genius. 'But it is very risky... And Fadon the Magician is very clever... We'll see, I'll think about it.'

Then Martin returned and explained the whole plot. 'A long time ago a great magician fell ill. He was the father of three children: the pretty hula-hoop girl, Joselu and the small boy dressed as a clown. The circus was ruined. Fadon the Magician appeared and offered to replace the sick magician for free. Then some baddies took over the circus debts and became the circus owners. They travelled with them to carry on their illegal business. They had threatened the artists in order that they didn't go to the police.'

'What about the artists?' asked Frederick.

'The circus will continue,' said Martin. 'They will have to pay their debts to the baddies.'

'What about the three children and their father?'

'I'll take care of them until their father is better,' said Martin. 'I've always wanted to work in a circus and travel.'

171

'Does it mean that I have to save the world alone again?' asked Frederick. 'I was furious because you took the important mission, but I don't want you to go, we are a team...'

'I'm just going to be away for a while.'

'Who is going to teach me martial arts?'

'Revise what you already know.'

'Okay,' said Frederick. 'When you return, we will travel to a parallel dimension and we'll catch Fadon the Magician.'

'No problem,' said Martin. 'But it could be that Fadon the magician isn't bad... Maybe he was someone like me who wanted to help children who met the baddies and had to follow their game... Sometimes things are not as they seem.'

4. THE BEGGAR'S SON

Birthday parties held good memories for him. When he was younger he invited the whole class and made a monumental party in his garage. As he grew the number of children reduced, and the sophistication of the presents increased.

The night before his birthday Mum, Dad and Frederick sat on the sofa until late. They liked remembering how Frederick's birth was, his first words, what his father felt when he held Frederick in his arms, his mother's excitement when she touched him for the first time...

The next day was Saturday. His parents were tired. However, Frederick got up early, and he was at the computer with Genius.

'Happy birthday, my friend,' said Genius.

'Thanks,' said Frederick. 'Look what they gave me. Let's play a little game? Come on, let's begin! You tell me what card I have to move and I will move...'

Genius went on playing reluctantly. They played five games. Genius had no idea about the game, and he didn't want to learn. He won a game by chance, while Frederick won four games and had a great time.

'It's fantastic! It's a shame that I can't talk about it to my friends.'

'Speaking of friends,' said Genius. 'What happened to John, the beggar's son? Have you invited him to your birthday party as you wanted?'

'I couldn't,' said Frederick. 'Mum said that if he came there was no party. My friends' parents said the same thing... they don't want to let him come to our home in case they rob us later...'

'But sometimes you play with him at the playground, you lend him your things, and he never robbed you.'

'Maybe what they say isn't true...' admitted Frederick. However, I'm sorry... I want to have a birthday party and presents. I can play with him in the park or at the playground.'

'You are selfish, Frederick,' said Genius. 'What is more important to do something right or receive gifts?'

Frederick didn't reply. He was still playing. He didn't listen. Frederick was only behaving as a child

174

of his age. In the end Genius left him playing alone.

'We'll solve John's problem another day. Carry on playing and enjoy your birthday party.'

Matilda, Frederick's mother went shopping for cake, snacks, drinks, and balloons. She cooked lots of food and everything was ready. Frederick tried the chocolate of the cake to be sure it was good. Then he decorated the cake with coloured sweets, and finally, put candles on the cake...

An hour before the guests arrived everything was ready. Frederick took some food to his room so that Genius could celebrate his birthday. He forgot that Genius couldn't eat.

'Where are you, my friend?' asked Frederick. I wish you could be at the table with the rest of my friends!'

There was no answer from Genius or the computer programme. Frederick thought that Genius was annoyed because he had ignored him when Genius tried to solve the problem of the beggar's child.

'Genius, come back I didn't do it any more. Please, it will be the worst birthday of my life if you aren't with me. Don't leave me, please.'

Frederick called Genius pressing the implants in his magical bracelet and necklace. No answer. Frederick was more and more worried. He looked for possible traces or clues that Genius might have left him in his room. There was nothing.

He thought that possibly Genius' clue was in his computer. He began to search. Genius' programme was not working. He opened it, looked and closed each programme without finding anything. He look

"Recent programmes listing" in the "Start menu" and he observed that "Travel through time" and the option Travel to the past had been used. Frederick sensed that something bad had happened to Genius. Moreover he was unable to celebrate his birthday without his friend.

'I could feign sickness and postpone the party. But it would not be fair for my mother who has worked all day for me, I would disappoint my friends too. It is very dangerous, but I haven't got another option...'

Frederick used the options "Travel through time" and "Travel to the past" and a few minutes later, he realised that he remained in his room. At first he thought he was wrong, but then he found that things had changed places. Genius was with him.

'What happened, Genius?' asked Frederick. 'Just now there was no way to contact you, and suddenly, you're here, as if nothing happened.'

'You have travelled back,' said Genius. 'It is two days before your birthday. The problem with John is really important. We have to solve it. It's not fair. John shouldn't pay for what his parents do.'

'His parents have a very bad reputation around here,' said Frederick. 'If I am seen with him, I will have problems with my parents...'

'We can make things different, and change people's opinion about this guy...'

'How?'

'For now, we must prevent these boys of your class fighting.'

There was silence. Images appeared on the

computer screen. It was the football match at break time in the school playground. All the boys were in sportswear and sweating. That day they had physical education and were tired. They played with very little enthusiasm. Frederick saw himself playing. All the kids in the classes in the fifth and sixth years took part in the match. Frederick went to the toilet for a few moments.

Watching the computer screen Frederick could see what had happened the few minutes that he had been away. John accidentally kicked a boy on the opposite team. He apologized, but the other boy turned his back on John showing his contempt. Joseph Damien who was acting as the referee blew the whistle.

'It has been unintentional,' said John. 'I've apologised already. What more do you want?'

'Expulsion for a week for protesting,' said the group leader.

'The other day you kicked me and you didn't apologise. The referee didn't blow the whistle,' said John to the group leader.

'The reason is that I am the boss,' said the leader of the group. 'Go away and don't come back.'

The group leader kicked John hard. John was crying in a corner. Someone told the teacher and he punished the group leader by not letting him play. Making sure that no one saw him, he talked to John.

'Because of you I have been punished. This evening, at eight we will meet at the four corners.'

By the time Frederick returned from the toilet, everything had happened. So Frederick didn't hear anything.

Genius and Frederick continued watching what had happened on the computer. That morning nothing interesting happened until someone told John's father what had happened in the school playground and that Manel and John were going to fight.

'There is a problem,' said Genius. 'I am afraid that the group leader knows taekwondo...'

'It's true,' said Frederick. 'When I went to the gym classes Manel, the group leader and John, the beggar's son went too. Both of them were good. What a big problem!'

'Not if you avoid it, Frederick,' reminded Genius. 'You are also very good at taekwondo, remember? Perhaps Martin should return to...'

These words hurt Frederick's pride. He had been waiting to show how good he was. Genius didn't say anything else. However, he contacted Martin through his implants and his mind. Genius asked Martin to be at the four corners at eight o'clock in an invisible state. Martin would use Genius' computer programme "Travel throught time".

'My school classmates mustn't see me. I will have problems if they knew I help John. Manel is a leader and everybody obeys him because they are afraid of him.'

'You will be invisible,' said Genius. 'You must stop Manel so that John's story isn't repeated.'

'Okay. But, how can we stop him?' asked Frederick. 'I belong to that class and I can't help being afraid of Manel.'

'At the moment you have to use martial arts. Do you remember that time you appeared as the Ranger Walker and overthrew all bullies?'

'That's true; I can do it if you help me with your magic.'

'Okay.'

Frederick calmed down a bit. He was worried about his birthday party.

'Are you sure I'm going to return in time for my birthday?'

'I'm sure,' said Genius. 'We are in the past, we can return to present when we want...'

'What if it is too late?'

'We'll put our time clock back...'

'What if we're wrong? Have you done this before? How do you know it will work?'

Genius didn't answer. It was obvious that Frederick was growing up. His first signs of pre-adolescence appeared.

It was time for the appointment.

'Wait,' said Genius. 'You have to watch this.'

John was with his father, Xavier, in the street. His father was talking to John.

'You're going to the four corners and will give this guy a good beating. Nobody makes fun of my son...' said John's father.

'I don't want to fight,' answered John. 'How did you know about the meeting? I didn't say anything...'

'I have my spies...'

'Why?'

Genius and Frederick watched how John, dying of fright, was forced to go to the meeting to fight against

179

Manel, the leader of the school bad guys.

They could also see that Manel's group was waiting for John. They were two streets away from the place of the meeting in order to catch John by surprise. What they didn't know was that John's father was also with him.

'We can not allow John's father to give them a beating,' said Genius. 'John's father could be very dangerous.'

'So what my mother says is true, right?'

'Partly,' said Genius. 'As I said before, the poor boy is good, and what his father does isn't his fault.'

'We should stop his father too...'

'Certainly,' said Genius. 'Come on Ranger Walker, get ready to act.'

Manel's Group of guys tripped John up and John fell to the ground. Manel's group of guys pounced on John. John's father was about to attack them when Frederick appeared dressed as a Ranger. Frederick – Walker Ranger overthrew Manel and his group, but he couldn't do the same with John's father. Poor John was in a corner scared to death.

Xavier was a professional fighter, and sometimes he didn't fight fair. Xavier was winning the fight, and he posed a threat to Frederick-Walker Ranger.

'If I win I'll dictate the rules. If you win you can do the same,' said he to Frederick-Ranger who was losing. 'When we finish, Manel is going to fight with my son. Do you agree?'

'Yes,' said Manel and his group.

'Yes,' said Frederick-Walker Ranger who was in a corner and pressed his implant in Genius' bracelet.

Frederick noticed that someone invisible was

helping him, someone skilled in battle and stronger than Xavier. Frederick-Walker Ranger said nothing and pretended that he was doing the hitting.

When, finally, the invisible Martin managed to bring down his opponent, Frederick-Walker Ranger dictated his rules to John's father.

'Your people and you'll find some decent work and you will never disturb this area,' said Frederick. 'Mothers don't let their children play with John because of you. Oh! Don't force John to fight if he doesn't want, OK?'

'Yes,' said the man.

It seemed that the honour of winning the combat was something sacred to him.

Frederick had no idea how to solve John's problem with the boys in his class. Suddenly, he heard the voice of John.

'I will fight with Manel,' said John when he saw that things were arranged, he wasn't afraid. 'If I win, you'll let me join in your gang and be one of you.'

'Our parents don't let us go with you because your father does bad things,' said one of the boys.

'He said that he will change,' said Frederick-Walker Ranger.

'Then change your life first and we will see...'

John stood before Manel.

'Fight me, coward...' shouted he.

Manel tried to hit John, but an invisible hand (that belonged to Martin who was still in an invisible state) threw him a great distance. Manel didn't dare to get off the ground. For the first time in his life he could not control the situation and he agreed.

'Okay, for my part, John can come with us and we

181

will respect him, but for our parents I can't speak...'

'That is a matter of time,' said Frederic Ranger Walker.

Then Manel and his gang realised that the man who had helped them was a television character. They were afraid.

'One moment,' one said. 'This is not... Let's go, quickly!'

'We promise to be good.' said another.

They all left running.

'What is happening?' shouted Xavier.

He also left. However, John who had been brave, went to Frederick-Walker Ranger.

'Thanks.'

'I have a message from Frederick, a boy in your class,' said Frederick-Walker Ranger. He'd like you to go to his birthday party tomorrow...'

'Why didn't he tell me this morning?' asked John.

'It's because his parents didn't let him invite you.'

'I know,' said John. 'I'll go at the end, give him my gift and, if they let me, I'll play a bit...'

'Good idea,' said Frederick- Walker. 'You'll get it little by little...'

John talked to Frederick-Walker Ranger.

'I have the feeling I've known you for a long time,' said John. 'Walker Ranger, Are you for real? How did you come?'

'Too many questions,' said Frederick-Walker Ranger. 'See you... Don't forget Frederick's party at five o'clock.'

Frederick-Ranger Walker walked away and disappeared round the corner. John ran after him but he didn't see him.

Frederick and Genius were already back in his room.

'Thanks Martin,' said Frederick. 'Where are you? Make yourself visible at once!'

Martin appeared in Frederick's room. Both Frederick and Genius had a lot of questions.

'When are you coming back with us?' asked Frederick. 'I must admit that without your help I couldn't... How is it going with the circus?'

'It's OK. I'll come back soon. The boys' father is better,' said Martin. 'See you soon. I must go back to the circus because I left the kids alone. You must return home to be on time for your birthday party...'

'That's true. Goodbye my friend.'

Frederick gave Martin a hug, and they approached the computer to travel through time. First Martin put the clock just where he had left the children and pressed "Go back" on the computer keyboard. Genius used his magic.

Frederick didn't remember the exact time he left. He set the time clock and returned the moment that his mother called him for his party after changing his clothes.

'How handsome my boy is!' said Matilda. 'Come downstairs! Your friends are due to arrive...'

'Wait, Mum,' said Frederick. 'Do you promise not to get angry?'

'Okay.'

'I invited John, the boy you call "the son of the beggar". If he behaves well, will you let him stay at the party?'

'Okay, but his father...'

'He should not pay for what his father did... His father is changing...'
'Okay... we'll give him a change.'

The birthday party was a success. There were sandwiches, cookies, pizza, olives, meatballs and a variety of things to nibble on the table. His friends just took a sandwich and a drink except Joseph Damien that ate all the meatballs and cookies. They brought many presents.

When John arrived with his gift everybody was happy as if they had always been friends. Genius' magic made them forget what happened at the four corners. His magic had surprising results. Frederick was very happy and his classmates too. John ate with them, and they played together. Then they went to play football together as if nothing had happened the previous day. Frederick's mother acted friendly with John. Some mothers that came there did the same.

The first step was taken. Other changes had to happen gradually.

Later they found out that John's mother who they called "the beggar" was working for the council and John's father also had a decent job. Things were changing.

2. A STRANGE YOUNG MAN

Frederick had a strong temper. He loved his mother and his father dearly, but he didn't like anything that his parents did. He complained about the clothes his mother bought him.

'This clothing isn't nice for a boy, I don't like it,' he said to his mother without caring. 'If you choose your own clothes, why can't I choose my own?'

'Because you can't always be in sweat pants and sweatshirt,' said his mother. 'Sometimes you must wear jeans, shirts, sweaters and smart clothes.'

'No, no, no...'

His mother took enormous trouble every time the boy refused to do what she asked. Frederick complained and his mother too.

'I always have to do what you tell me whether it is fine or not,' complained Frederick. 'My opinion is not considered.'

'If you don't do as you are told you are disrespectful,' said Matilda.

Frederick apologised and gave her a big hug. They promised they would try not to get angry. After a while Frederick refused to do what his parents asked him, and as he answered back he was punished again.

'We will be all afternoon without talking,' said his father. 'This afternoon we'll go to the theatre together we must be a family...'

They arrived at the theatre in a sports centre. Mum wanted to sit in the front row. Frederick, who was awkward, wanted to sit at the end to see the public's reaction. They began to argue again. Neither would give in. At last his father help by sitting in the middle. As they had arrived early they could choose their sits. There were some children in the front row. Their parents were in the following rows and about twenty people scattered among the hundreds of plastic chairs. It was hot but the sports centre was well ventilated. The stage had been meticulously decorated with red curtains and authentic furniture.

Pleasant music started playing and the actors were ready, Frederick joined the other children to try to see the actors or find out what the play was about.

Other children went into the streets to climb the barriers and scaffolding that were in the square to watch the bulls. There were neighbourhood parties. The shops were closed and everywhere was covered with colourful flags.

They couldn't see much because they were not allowed to get into the big vans but they observe a strange young man looking at them.

'He is one of them,' said one child.

'I think so' said Frederick.

Frederick enjoyed being a normal child without any worries for a short time but his bracelet was squeezing his arm and he heard Genius' voice in his mind.

'You should go and talk to him.'

'To whom?'

'To the strange young man.'

'Why? Is it not possible that I can enjoy a quiet evening here in the theatre, Genius?'

Genius did not answer. Frederick was developing. His body was changing and his mind too. He did nothing without protesting. Genius was tired of the boy's outbursts and his parents too. Sometimes they don't know how to speak to or treat him to convince him to do what is right. Frederick was going through a difficult age.

'I have an idea,' said Frederick to Genius through his mind. 'Is there any way to be in two places at once?'

'Yes, you can travel in time through the computer,' said Genius. 'Why?'

'Because I came with my parents and they expect me to be by their side when the drama begins. So I can accomplish the mission and see the drama at the same time,' said Frederick. 'You know how hard this is my mother with the rules...'

'Are you sure that is your mother's fault?'

'Let's leave it!

Rather than going into an endless debate with Frederick, Genius decided to focus on the mission on which they were engaged. Frederick moved to his room to see the images on the computer.

The first images were the house of the strange young man's parents. Everything was perfect. They seemed very strict in the way they treated their children. Their parents forced them to speak with subordination and answer 'Yes, sir', when their father spoke. Frederick and Genius locked at the medals hanging on the wall, and they looked like military medals. The house decoration was austere, the wife is dressed in black and she wears only a few jewels. The children have a specific place on the sofa and a very set routine in their life.

Then they saw images of Louis, the name of the strange young man. It was a sad day when Louis dared to confess his homosexuality to his parents.

'I think I'm gay,' he told them.

There was silence. They glanced guiltily at each other.

'What a problem!' said his mother fearing her husband's reaction.

'It's your mother's fault. You can't always be hugging children, they become odd...' said the father trying to blame someone.

'It's nobody's fault,' said one of the sisters.

'Being gay is not a crime or a defect,' said Louis. 'Now they can even get married...'

'It may be normal for some people,' said the father. 'But it is an insult in my world...I don't want my colleagues to become aware that I have a gay son.'

'Don't call him that,' protested his mother.

'If I don't do it others will. He has to get used to it,' said his father.

When Louis was eighteen he was encouraged to become independent and leave home and never come back to reveal his true self. Louis played homosexual roles in the theatre, but he kept it secret in his real life and he lived apart from society. He didn't dare.

.   .   .

Frederick interrupted the projection of images and spoke to Genius.

'I must return to my seat with my parents,' Frederick said. 'The drama is about to begin...'

'All right, we haven't done this before,' said Genius. 'Let's try it.'

Frederick entered an option "Travel through time", and then entered "Special effects" and, later, in "Be in two places at once".

"Choose the two temporal dimensions in which you want to be", wrote the computer.

Frederick wrote "Frederick with his parents in the theatre" and "Special mission with Genius".

First Frederick chose to sit in the theatre in silence with his parents, waiting still and quiet. His mother was delighted, and when nobody was looking, she kissed him.

'It's just that I want you to be educated and behave...'

Frederick smiled and said nothing. The truth was that he was extremely bored and a bit fed up. He went on to the other dimension, which was "Special Mission with Genius".

He went to talk to Louis at the back of the stage, the strange young man who hid his homosexuality. He was afraid or perhaps he didn't want to disappoint his military father. He was struck by his sadness.

'Hello!' said Frederick. 'Can you sign an autograph for me? I like how you carry out your role...'

'OK, but I'm not gay. It's just a role...'

'And what would matter if you were gay? The best people I've met in my life are gays... You can show how good you are regardless of your sexuality...'

Frederick found himself saying things that he would never have done in his life. Genius was dictating them in his ear. Later Genius confessed that he had taken them from a handbook of psychology. As he spoke, Louis looked him straight in the eye and became excited... Until someone interrupted them.

'Two minutes and scene...'

'Okay,' said Louis calmly. 'Tell them we are adding a new character to the drama now, don't worry, trust me... it will be a success.'

'We'll see what you do...'

When the other person went out Frederick had a lot of questions.

'Me?'

'Yes, of course,'

'What have I to do?

'Improvise...'

Frederick couldn't refuse to do it. He always wanted to know what it felt like to be an actor, getting into the skin of another person. Frederick's imagination had no boundaries and he couldn't miss this opportunity. He only had one problem: his parents were watching the drama and he was sat next to them and, for them he could not be in two places at once. He had less than a minute to solve this problem.

From the computer he came into the temporal dimension "Frederick with his parents in the theatre". He sat quietly waiting.

'Mom, can I go to the toilet?'

'Okay, but don't be long...'

Frederick returned to the temporal dimension of "Special mission with Genius". Louis pulled him and took him out on stage. Frederick didn't resist. Genius was whispering him phrases that fit the script and Louis was awesome in his role. No one realised that Frederick was not an actor because he did it very well.

His parents were thrilled with the drama and forgot that their son hadn't returned from the toilet.

'That actor is like... Where's Frederick?' said his father.

'At the toilet,' said his mother. 'God! It's him!'

'The play ended and the players bowed.'

Frederick was openly among them. His parents forgot the problem they would have when they come home and they applauded eagerly.

When the applause ceased Louis asked permission to say a few words.

'Ladies and gentlemen. Some time ago I wanted to confess a secret. I'm gay. Not only is it my character. Me, Louis Martinez is gay too.'

193

Everyone applauded Louis heartily, because he finally admitted something that everybody knew.

Everyone liked him as he was. When the applause stopped he asked for applause for Frederick.

'Today I discovered a future actor, Frederick. I've found him in the hall, and talking to him I learned that, besides being a good, noble and sincere boy, he has a great future as an actor... You have already seen how he improvises on stage... I ask for very loud applause both for him and his parents...'

Damian and Matilda stood up and smiled at the applause. Luis continued talking.

'And I congratulate his parents for the good fortune of having this wonderful son... And I encourage them to let him study drama...'

.   .   .

Frederick entered from his computer to the dimension "Frederick in the theatre with his parents". He ordered the computer to lose the second dimension.

He appeared next to his parents. They embraced him. Everyone applauded.

'Very well, my son,' said his mother.

'Are you not going to scold me?' Frederick asked in surprise. An actor disappeared I went through there, and I got them out of trouble... I had no time to warn you.'

'Okay,' said his father. I'll talk to this man for advice as to where you can study drama... But don't set aside your scholar studies.'

'I will never forget my studies...'

194

Frederick wasn't sure that he would be as good in the theatre as Louis said, performing in front of so many people gave him concern. Even so, he wouldn't break the magic of the moment. He attended the dinner that his mother offered Louis at the house. He listened to Louis' advice and promised to go to drama school twice a week. Once a month, he could participate in an amateur theatre until he was older and could make his own decisions.

When dinner and conversation finished Frederick was able to return to his room.

'Congratulations, kid,' said Genius.

'Everything happened by accident. I just wanted to do our mission... I didn't know that I would be introduced on stage.'

'I know.'

'And now what do I do?'

'Study drama...'

'If we continue with our missions I can never be a professional actor... I can't have an easily recognised face, remember?'

'Who knows? Study and prepare for the future... Time will tell...'

6. IT MUST BE INVESTIGATED

Frederick was going through the rebellious age. With his first changes Genius and his parents were going crazy. He contradicted everything they proposed. He rarely agreed with the plans they had for him. Fortunately, he also had good days in which he was the most charming and affectionate guy in the world. He began his taekwondo and other martial art classes, but he couldn't carry on with them until Martin, his trainer, returned from his tour with the circus. So he attended drama classes twice a week and prepared some functions in an amateur theatre. He wasn't sure that having hit the theatre was the right option. All the time he was told what he had to do, and that annoyed Frederick in the depths of his being.

When he was talking with his friends Frederick was free of parents because he was the leader in console and computer games. It was the way they had to disconnect from the impositions of the adult world.

His school marks were acceptable, almost all were "Second class B or C", some "Pass marks D or E" and a few "First class A". Matilda had to ensure that he studied each day and carry the necessary material for classes because Frederick was more clueless than usual.

'What are you doing this summer?' asked his parents.

'Nothing... Playing with my friends,' he replied.

'What about some voluntary homework from school?'

'No, it's voluntary...'

'And your performances in the theatre?'

'I'm on holiday... I am very tired...'

After much insistence, Matilda got him to do some volunteer work and go reluctantly to rehearse a theatre play they were preparing for festivals.

On the way he made a new friend who, though he was older than him, listened to him when he said that the elders did not understand him and they spent the whole day asking him to do something.

He met his new friend one day when his mother forced him to go to the theatre and Frederick didn't want to go, he preferred to stay on the couch watching cartoons on the pay channel.

He left home hating theatre and hating his mother. He sat on a bench to cry.

'Stop hating them. It isn't good,' said a well dressed man with a dog.

'What?' said Frederick. 'Who are you and what do you want?'

Frederick looked at him and was surprised to find out that he seemed to be blind.

'Excuse me, are you blind?'

'Yes,' said the man. 'I heard you crying.'

Frederick was going to say that he should look after his own affairs and leave him alone.

'Are you really blind?'

The man, who was called David, invited him to have an ice cream which Frederick didn't accept. As he saw that Frederick didn't trust him he spoke of the accident he had had years ago and had changed his life. At that time he worked in the ONCE and had a lot of free time.

'I have to go to the theatre because my mother says...'

'Can I come to see you rehearse?'

'To see me?'

'Well... It's just a manner of speaking, to hear you.

'OK! Whenever if you don't give me orders...'

That was how he made friends with David. When he was more confident, one day he talk to him half joking, half serious.

'What do you do in your spare time apart from getting into other people's business?'

'Investigate.'

'What?'

'Murders.'

'Come on! It's just what I needed... A blind man investigating murders!' Frederick thought he was mocking him.

The other man was offended.

'Well, whether you believe it or not, as I don't see other senses are more developed, my intuition is much higher... How do you think I realised that you had a problem before we spoke?'

'It's best said... How did you know that I was sitting there if you could not see me?'

'I feel the presence of people and in my head I can see what is happening... Sometimes I see things in my head.'

'Doctors say that these are symptoms of schizophrenia...'

'I do not know... I'm happy...'

Frederick had doubts if he could see Genius in his head or if he felt Genius' presence. He was afraid of pressing his implant in Genius' bracelet just in case David realised.

'I have to go,' said David. 'Something is wrong, and my friend the detective may know.'

'Where?' asked Frederick.

'At Buenaventura Street,' said he without realising it. 'Go home, kid. This is a major issue.'

'You're giving me orders like everyone... Don't treat me like a child!'

'Sorry! I have to go...'

Frederick pressed his implants in Genius' bracelet. He heard the voice in his head.

'It is true that he has certain powers,' said Genius. 'I could help, but...'

'Quick, take me to my room and let's see what is happening at Buenaventura Street,' said Frederick.

'I can tell you this,' said Genius. 'There are some thugs beating someone. David's friend, the detective, is there and he is doing nothing...'

'Let's help,' said Frederick.

'I can get you close enough to shoo them away but before we act we must find out what's happening.'

Genius transferred Frederick to the scene in an invisible state to use his taekwondo techniques and, with the help of Genius' magic, stop the fight. Before stepping in, Frederick wanted to know what was happening.

Frederick stood listening. It was not clear. It looked like a fight between people from the same side. And the detective who was David's friend could be an infiltrator. Frederick continued to listen in an invisible state.

'The delivery will be next Wednesday at eight o'clock. You will provide security...'

'Where?' asked the probably infiltrated detective.

'You won't know the place until the last minute.'

'Put your mask on quickly,' shouted someone. 'We heard something. Let's throw some sleeping gas.'

Frederick didn't have time to react. He was fast asleep in the place and being invisible. No one would find him.

It was time to go home and Frederick didn't return. His parents went to look him at the theatre, along the road the boy should have walked. The kiosk man said they had seen him talking to the neighbourhood blindman and had heard something about Buenaventura Street.

His parents did not ask but went there. Meanwhile between cardboard boxes and bags of debris, Frederick had been awakened and became visible. He didn't remember anything.

John, formerly called *the beggar's son* came by, saw him and helped him to sit on a bench. He fed him with his own snack.

'What are you doing here, Frederick?' said John. 'What happened?'

'I do not know... Where am I? I don't remember anything.'

John explained to him that he had found him half fainting among the cartons. John called Frederick's parents to ask them to collect him.

Frederick had to explain why he was in a part of town, far away from where his parents had sent him.

'My friend called me and, with the heat, I think I fainted.'

'What friend?'

'Me,' lied John in order that Frederick got out of a huge argument.'

That day he couldn't do anything else. The next day, Frederick tried to meet David, his blind friend to see what was happening at Buenaventura Street. He wasn't around. Frederick asked Genius, but the goblin knew nothing.

'Playing detectives without being one could be dangerous. These people are dangerous. After what happened with the gas I do not want you to go back. If you still insist I will make Martin come.'

'Do it,' said Frederick. 'We need to. I want to know

if my friend David is dead or if something has happened to him. I won't stop until we resolve this.'

Frederick continued insisting. Genius let him use the computer to find out what happened at Buenaventura Street. They didn't stop reviewing images until they found the conversation. Frederick began to remember what he heard before and could see what happened after the gas was thrown. As he was invisible he wasn't caught, but his blind friend, who was also watching and fell asleep, became a prisoner. David's friend, the infiltrated detective, prevented him from getting hurt as far as possible. In the end the bullies found out they were together.

Frederick saw them tied back to back in an old and abandoned house. They seemed to be asleep.

'Take me there,' said Frederick. 'I have to untie them.'

'They may be dead,' said Genius. 'We must call the police.'

Frederick left home, he went to a booth and called anonymously to the police so that they went to the place where the two men were tied up.

Genius was finally able to contact Martin. On the computer screen they could see the sad reality. His blind friend, David, and the Detective who had infiltrated had inhaled too much gas and were unconscious. They were taken to hospital but little could be done. The police had set up surveillance in case the bullies came back for them.

Martin accompanied Frederick to the hospital to visit his blind friend. Both were in invisible state. Frederick had to leave his implants of his bracelet and necklace in order that Genius' magic could make

203

them recover as he had with Joseph Damien long ago. Luckily, at that time Martin could communicate with Genius.

Then he did the same with the detective. When both were well, they told the police everything they knew. It was enough to arrest the criminals, but it was necessary to catch them red-handed to put them in prison...

Frederick continued to review images on the computer screen to find out where and when the delivery would take place. When he heard it he told his blind friend who worked with the police continuously and communicated it through his friend the detective.

The rest of the adventure was safer. Frederick could see it through the computer screen. The police arrested the bullies little by little. But when everything seemed to be under control, the bullies' leader managed to evade the policeman who was taking him and escaped.

'We must stop him,' said Frederick. 'He can hurt my friend David.'

'Martin will do it.'

Martin was magically transported by Genius to the scene, and he managed to topple the gang leader until the police arrived. Martin left the scene before being seen. He got back to his circus using the computer's clock to go back in time. He got back in again without being seen.

This adventure with his blind friend made Frederick feel special, and he didn't care about obeying the orders adults gave him. In the end he took an interest in the play which he was preparing that summer. David, his blind friend, attended the performance. Frederick's parents did too. Everyone was proud of him.

'We have an actor in the family,' his mother said that he loved the theatre.

'I would like to be a private detective,' he whispered in the ear of his blind friend.'

'Forget it!'

Luckily Frederick's parents didn't hear.

3. CHAMPION WITHOUT LIGHT

One day John came to Frederick's home crying. John was called "The Beggar's Son" before becoming one of Frederick's gang.

'My father mustn't know that I told you. But I can't...'

'What?' Frederick asked. He invited him into his room in order to keep his secret.

'My father is going blind.'

'Have you been to the hospital?'

'Yes, they said that if he didn't have surgery, it was inevitable. The result of the operation is not sure, but there is one possibility...'

'Then they have to do surgery.'

'He doesn't want surgery. He has always expected to be an invincible champion in martial arts. He is getting older, and recently in boxing he has been beaten a lot... He says it is best to disappear, go to a city where nobody knows him... Today is the date to go to the hospital for surgery but he is so sure it will go wrong that he doesn't want to go to the hospital.'

'If he goes blind what money are you going to live on?'

'My mother will clean houses.'

'And what will he do?'

'I don't know... That's why I came. Frederick, you're the only friend that I dare confess this to and I know you're not going to betray me.'

Frederick pressed his implant in Genius' bracelet and he heard Genius' voice in his head: "You should go with John to take his father to the hospital. He must go for the operation date. You shall lend him your bracelet and your necklace during the operation."

Frederick had a problem: It was a school day and both John and he had to go. John could justify being with his father, but he... On the other hand, he could not communicate with Genius through his computer in front of John. Frederick invited John to have a glass of milk in the kitchen to calm him down and, meanwhile, he went to his room to turn on his computer and be in two places at once.

Frederick opened the computer program "Travel

through the time" and then went into "Special effects" and, later, "To be in two places at once".

"Choose the two temporal dimensions in which you want to be", wrote the computer.

"School " and "Going to the hospital with John's father".

Frederick left his room, he went to the kitchen and, before his mother found out, he went with John to his house.

Meanwhile, the other Frederick watched the scene from his computer screen as he got dressed for school.

He came down to have breakfast like any day. His mother asked him about John.

'What is John doing here so early?'

'His father is being operated on today. If the teacher asks for him I'll tell him John can't come for that reason.'

'He could phone you.'

Frederick did not know what to say and his mother left it.

'These guys... No one can understand them...'

As he did everyday Frederick sat at the table. He took his chair, drank his cup of milk, and ate his cereal. He accepted what his mother said about something he forgot to put in his bag and she had to do it.

'What forgetfulness you've got! When you were smaller you always remembered to put your things in your bag... And now you're taller than me and...'

'Thanks, Mom, see you later.'

Frederick was expecting a regular schooling day.

But that day Frederick's eyes had a special glow. Today thanks to the computer programme "Travel through time" and Genius' magic, Frederick could do something that none of his class would be able to do.

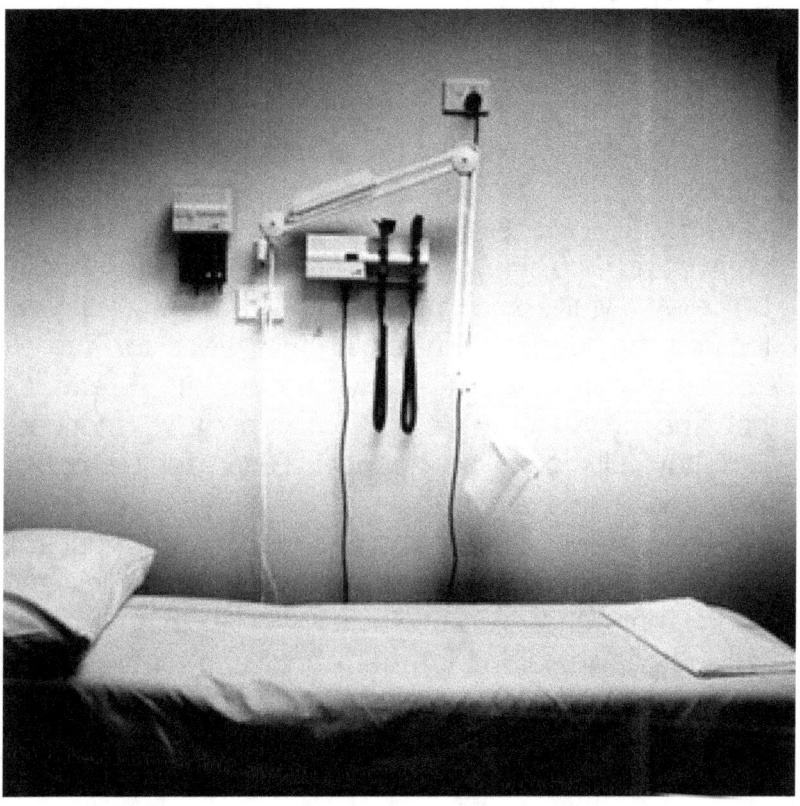

From the computer of his room Frederick's mind controlled the two temporal dimensions. He was repeatedly jumping to control the situation. On one hand it was Frederick sitting in class doing exercises in silence. On the other hand he was accompanying John.

209

John's mother went to work. Frederick and John stayed home with his father. John made breakfast.

'What is your friend doing here?' asked John's father when he heard Frederick's voice. 'You should go to school.'

'And you should go to hospital...' John dared to say.

'How dare you? Who are you to tell me what I have to do? I'm the father... I make my own decisions.'

Frederick realised that there was no way of convincing him. He pressed his implants in Genius' bracelet. 'Make me invisible.' When no one was looking he became invisible. He went to Xavier, John's father, and put his bracelet on him. Frederick became visible and nobody noticed.

'Okay, I'll go to the hospital. But I don't promise anything,' said Xavier.

Finally they called a taxi and went to the hospital. Xavier, John's father, could not drive. Frederick and John went either side of Xavier in order that he didn't fall, but Xavier didn't let them hold him by the arms.

'I'm not disabled,' said Xavier proudly. 'Xavier Lopez, the boxing champion, can't be helped to walk. Go to school, please.'

Although Xavier insisted that he must be left alone. Frederick and John could be at his side in his room, among other things because he could not chase them and kick them out as Xavier would have liked to do. Luckily, they had brought a console and could play quietly while they waited.

Xavier didn't want to sign to authorize his operation. Frederick stayed with him while John went to where his mother was working to sign it. Frederick took the opportunity of being left alone with Xavier to confirm that Xavier was wearing the implants of his bracelet. Frederick already had the implant of his necklace to keep in touch with him and Genius at the same time.

'Being blind is not so bad,' said Frederick. 'I have got a blind friend who is detective.'

'Tell me about him. It's just curiosity...' said Xavier.

'I met him last summer, while I was walking to the theatre. He collaborates with the police. He has a detective friend and he helps him in his investigations. I even helped one of them. He was captured by bad guys and I helped to free him.'

'How can a blind man be a detective?'

'Well... being blind,' said Frederick.

'Like what? I don't see it so clearly.'

'Well, talk to him,' said Frederick. 'Do you have a mobile here?'

Frederick dialed his blind friend's phone number who confirmed by telephone what Frederick had said. They talked for a long time.

Frederick heard Genius' voice in his ear: "You have to put your necklace on him too, if not, I can't practice my magic on him..."

"If I remove my implants I lose contact with you and I can't be in two places at once... I'll disappear from school... I'll get into trouble..."

"Do you want to try it or not?" said Frederick.

"Then, trust me. Martin will come to help you..."

Frederick was afraid of losing his powers for a while. He still remembered the last time it happened. He fainted, remained locked in a cupboard, his

211

parents were looking for him.... It was a disaster.

"What if I faint? What if I am missed at school?"

"Martin will cover for you. He will go to school to collect you in order that they don't miss you. You'll have to pretend to be sick, and you'll have to ask for Martin to collect you because your parents are working. At school he is allowed to call Martin. When he calls, he already knows what's happening, we will collect you and keep you out of school for two hours or the time that the operation lasts."

"And what about my parents?"

"Martin will call and tell them that he came to collect you because you're sick, your tummy hurts and you are at his house."

They tried that but things were complicated because Damien and Matilda were determined to go to look for him at Martin's house. They suspected immediately that something strange was happening. Martin had to go to school to look for Frederick to be at home when his parents arrived back.

'Were you with the circus?' asked Frederick's parents.'

'I'm back,' said Martin. 'I have some holidays...'

'There is something that doesn't fit,' said Matilda. 'I'm going to take my son home and ask for permission off work until Frederick is well...'

'It's not necessary,' said Frederick. 'I feel better.'

'Well if you'd better go to school...'

Matilda realised that her son was lying. He refused to say anything until they were alone together in the room

'Are you going to tell me what's happening?

'Okay,' said Frederick. 'I'm not sick. Do you remember that John came this morning'

'Yes'.

'Today his father's eyes were operated on. There is a big possibility of going blind... John asked me to stay with him until he wakes up.'

'And his mother?'

'Her husband will not let her be there. He is very proud...'

'Okay,' said Matilda. 'Let's make things right.'

'We're going to look for John's mother. We will take her to the hospital, and we will be with her when her husband comes out of the operation. You are minor and you can't go alone to the hospital...'

Frederick had no choice and he had to accept. Problems were accumulating. With the presence of their parents he had to leave the temporal dimensions in order that both Fredericks weren't at the same place. So he had to eliminate the Frederick that was in the hospital to stay with his parents and John's mother.

Before leaving, Frederick was able to go to his room to settle the temporal dimensions and communicate with his friend Genius.

'You have to put the necklace on too,' said Genius. 'The bracelet is not enough. If you faint, nothing will happen because you're with your parents. Martin will continue in contact with you in order to recover your implants as soon as I've done everything I can for Xavier.'

Frederick accepted his assignment after protesting for more than half an hour.

'As I am a child it doesn't mean if I faint, right?' protested Frederick. 'When it's an important mission you look for Martin...'

'Martin has got a disease that will go worse if he stops getting my implants,' said Genius.

'So, you're helping him without him knowing...

'Yes,' said Genius. 'And you don't need to tell him...'

'OK,' accepted Frederick. 'You have just convinced me. I'll do what you ask.'

At the hospital Frederick put the other implant on Xavier before they took him to operate, and his mother didn't notice. This time, Frederick fainted, but he didn't care because he was in a hospital surrounded by his loved ones.

Xavier needed quiet, waiting to know if he regained some vision. Frederick went home with his parents to have a completely normal life.

This time Frederick decided to make the most of the situation and enjoy his holiday. For a long time he had served Genius non-stop.

Now Frederick needed that well-earned rest. Frederick wanted to think for himself, go with his friends and do what they always did without being watched by anybody or burdened with more work than the homework they already had from school.

Frederick liked his new life. He stopped spending so much time on the computer and spent more time studying and playing with his friends. Each day they went to one of their houses to watch cartoons, play games or to play strategy console games.

His parents were delighted because he went with other children and his school marks improved significantly.

He didn't know when Genius would come back, but there was no hurry. Frederick was very happy playing with his friends and doing normal things for a boy of his age.

4. BE A NORMAL CHILD

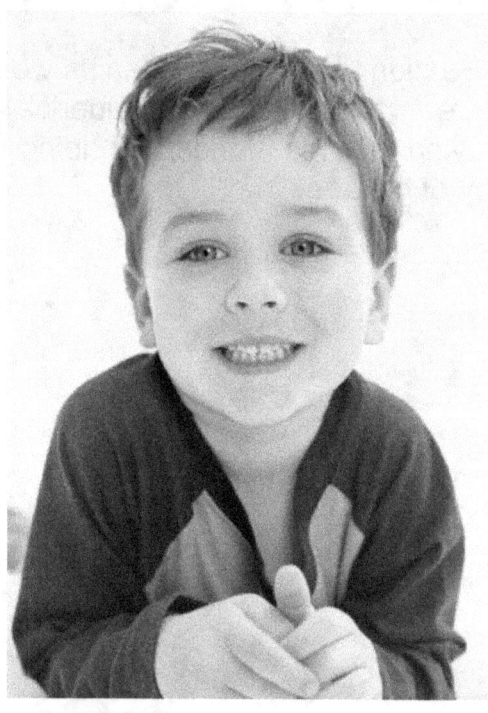

Frederick enjoyed going out to have dinner with his parents having meals with his family, or when the three of them went to the cinema to see a film together. When he was with his parents he felt like a child. As Genius had given him a holiday from their missions he had lots of free time. He went to the playroom and got out his action figures. He also spent hours playing with old toys. Matilda sometimes collected up his old toys to give them away at Christmas, she wanted to give the spotted black and white cow, but Frederick stopped her.

'Why do you want the cow if you never play with it?' asked Matilda.

'Because I remembered having it when I was three. Do you remember that trip you went on to a farm?'

'Yes' said Matilda. 'I still have the photos taken with Petunia Cow...'

Suddenly, Frederick lay down on the old sofa that they had in the playroom and shouted.
'Hugs!!!'

'Hugs!!!' shouted Matilda.
They hugged each other.

217

'Today, we won't get angry, okay?' said Frederick.

'That depends on you...' answered his mother.

'I'll try.'

At that point come into the room and stood looking at Matilda and Frederick.

'I want hugs...'

The three of them hugged on the sofa a moment which Matilda wanted go on forever, except that she had the weight of the two of them on top of her.

'You're crushing me...'

'My son,' his father said taking advantage of the moment. 'You have to do what we say without question. We are very upset that you don't obey when we ask you to do something.'

'It comes naturally to me... Sorry.'

'Okay,' said his father. 'But try not to keep it in check.'

When his friends came looking for him, the lovely boy who hugged his parents disappeared and the rebellious child appeared. Everything bothered him. He wanted things his own way because he said the others always seemed wrong.

The holiday from his work with Genius was great and lasted until Christmas. It was his first Christmas without Genius for years and he didn't dislike it. The last few days he had nothing to do. As Christmas Day approaches, Frederick began to feel nostalgic about his friend Genius. He called Martin's mobile. It was out of range. Moreover, he knew that the circus was in a mountain village. He tried to contact Genius through the programmes installed in his computer. There was no response because he couldn't open any of Genius' programmes.

Frederick went to John's house to see how his father, Xavier, was, but only found John and his mother.

'Where's Xavier?' asked Frederick.

'He has gone to live in the country with his mother until he regains his vision,' said John's mother.

'Can I have his address? Can I go to visit him? I'd like to go and offer encouragement...'

'He said he mustn't get upset,' said his mother. 'When he regains his vision he'll come to us...'

'What if he doesn't regain his vision?'

Both John and his mother shrugged. They looked concerned, but were helpless. Xavier was strong willed, and never paid any attention to what his wife and son told him. On the other hand, Frederick had the strange feeling that Xavier was not going to regain his vision, that Genius' magic was not enough. Both Genius and Xavier needed more help.

He thought of trying through the computer. Restoring the computer system to an earlier date, before his implants were given to Xavier, things could have changed.

Frederick went home and, after several attempts he managed to restore the system to a date before to the operation. Finally, he was able to communicate with Genius.

He was back in the past. The other Frederick was in his room with John who had just asked the other Frederick to accompany him home to convince his father. Genius was giving instructions in the other Frederick's ear: "You should go with John to bring his father to the hospital. He must go to the date of the operation. You have to give him your bracelet now and your necklace during the operation."

When John and other Frederick went to the kitchen, the moved Frederick appeared in the room. The moved Frederick spoke to Genius.

'Genius, I've been in the future and I already know that what you are trying will not work. I returned to the past by restoring the system to earlier date.'

'Seriously!' wondered Genius. 'Have you been able to travel in time without my help? Tell me, please...'

'Don't you remember anything?' asked the moved Frederick.

'What did I have to remember?'

The moved Frederick quickly told him what had happened.

'I went with John to his home. I gave him my bracelet implants to convince him. Before the operation I gave him my necklace. I fainted. My parents took me home. Xavier went to a house in the country to recover. He asked that he wasn't to be bothered. They wouldn't let me go to see Xavier when I insisted to go. The time passed and he didn't regain his vision. But I had a long vacation without any missions, I had better marks and I had a great time with my friends... It was almost Christmas when I returned from the future...'

'I think that the implants weakened when I duplicated them. Martin wants my help and Xavier too. I'll have to ask for help from a friend. I can't do this alone...'

'Who?'

'Facundo Facundor.'

'The Player Wizard,' remembered the moved Frederick. 'No, no, no, and a thousand times, no. Can't you remember how bad we felt when we became addicted to a game because of him?'

'Yes,' acknowledged Genius. 'He also went through the same thing. He has attended groups for gambling addicts and he has recovered... He deserves a chance. In addition, his magic is more powerful than mine, and maybe he will return John's father's vision.'

Genius instructed the moved Frederick on what he had to enter in the computer.

'You go into my programme. When it asks you the key, you write "I want to write 2". In case you want to contact me, "I want to dream 1".'

'Are you sure that is legit?' asked the moved Frederick.

'I think so,' If you want to help John's father, we have to take risks.'

'Okay, I will do it... If it doesn't work, I know how to return to the past...'

The moved Frederick got into the computer programme. He wrote Facundo's key, the former player appeared on the screen. He was older and looked very healthy. He left the computer through the screen and spoke to the moved Frederick as if time had not passed.

'I'm with you. Don't worry, others can't see me.'

'Are you sure you can do it? He can become addict to a game too while you cure his vision...'

'That belongs in the past,' said Facundo. 'Your question offends me...'

The other Frederick could not get out of accompanying John to his house and John's father to the hospital. When the other Frederick went to his room Genius replaced him with the moved Frederick. The other Frederick stayed in his room watching the computer screen.

'Do you want to get in "To be in two places at once?"' asked Genius.

'No, this time I'll start by telling my mother what is happening. We will go to the hospital together and she will write a note to justify me being late for school.'

The moved Frederick explained it to his mother. They spoke with John's mother. All of them, including the invisible magician Facundo, went to Xavier's house. With their explanations and Facundo's magic, they convinced him easily.

When Xavier went for the operation, Facundo went with him. Matilda took John and the moved Frederick to school with their explanations for being late. John's mother waited until her husband came out of the operating theatre.

The moved Frederick came home from school and saw with Genius that the operation had been successful. Then he called John to tell him that his father had recovered his vision. Facundo returned to his computer and the moved Frederick had to go back to the future to continue his missions with Genius.

With this experience Frederick had learned a lot. The first thing was "to make his own decisions and move on although Genius was not with him". The second thing, "it was not bad being an ordinary child". The third thing, "people can change and everyone deserves a chance", as it was in the case of Facundo. As a result, Genius and he had an ally for their missions. And, finally, things were not always as serious as they seemed. Since Martin had joined them, Frederick was jealous because he believed that the best missions were for Martin, and he was treated like a child. Frederick spoke with Genius and cleared it up.

'Sorry, Genius,' said Frederick. 'I thought Martin was your favourite. He always had the most risky missions and the silly ones for me... I didn't know that we were helping him...'

'Well, two things are true,' recognized Genius. 'First, his experience in martial arts is useful for us to train you and get you out of trouble. Second, his illness won't go ahead while he was wearing my implants.'

'So now we are four people: two magicians (Facundo and you) and two humans (Martin and me).

'Don't misunderstand me,' said Genius. 'Usually we will be you and me. They will only appear if we need their help.'

'That's what I wanted to hear. I love you, Genius.'

'And I love you, kid... I love you...'

They couldn't hug each other unfortunately. It was a great moment, but they had to return to the future programming the computer just where they have left it.

9. RESPECT AND HARMONY IN THE FAMILY

Frederick was quietly in his room, playing with his console to a mental ability programme. For days he scored ten points, but his friend had scored thirteen points. And he promised to persist until he got past it.

'Frederick, you have to do this,' said Genius.

'Wait until I finish and then I'll help you,' Frederick said and he hurried to finish the test.

'It must be now, boy,' insisted Genius. 'The images are only on the screen and you must be here.'

Frederick took a minute to leave the console and look at the screen.

'Please...'

Frederick did not respond.

'Now!'

'You shout more than my mother...'

'Why is that?'

Frederick finally deigned to look at the screen. He didn't like what he saw. It was George. A boy a year older than him who was repeating the scholar year

225

and he was in Frederick's class this year. He was lying in bed crying with his body full of bruises.

'How it is that he has so many bruises?' asked Frederick. 'His whole body is full of bruises...'

'That will have to be found out... I think it is not good...'

'In class he appears full of bruises regularly. It is suggested that he fell down stairs or hit the door...'

'It may not be the case. What if someone is doing that?'

'Who? His parents are good people. I have spoken with them several times and they are friendly, normal...'

'Look! There are more images.'

In the computer George's home new images appeared. His parents were arguing about something related to the child while he was crying in his room. Genius would not let Frederick continue watching those images.

'No child should see these arguments between their parents,' said Genius.

'And much less being beaten...' said Frederick. 'What can we do to prevent this?'

'We need an adult to talk with the mother. She would never listen to a child,' said Genius. 'We have to send Martin to talk to her and let her make the right decision.'

'We could go back to the past when the parents could still reason.'

'Are you asking us to return to play with the temporal dimensions?' asked Genius. 'Do not forget that we must keep it secret...'

'Only Maria, George's mother, would know,' said Frederick.

'Okay, we will. I can make her forget it with my magic. We'll take Mary back to the past when there was still harmony and respect in the family.'

Martin also got in touch with them through the computer screen. They were discussing a solution for the problem.

'At the moment we won't call Social Services,' said Martin. 'We have to take this woman to the past and avoid what we can't stop now.'

'Yes, OK!' said Frederick. 'And how will we do it?'

'First you, Frederick, are going to go to her house with your laptop and the programme "Travel through time" ready to use. You'll tell her you have a game to learn English for her son. You have to move her to the past. Do you remember when George's first bruises appeared?'

'No, exactly,' said Frederick. 'We look through the computer programme.'

'OK,' said Genius. 'But Martin will do it.'

'You're leaving me out again! I'm old enough and I have seen lots of films...'

'This isn't a film. This is really happening...'

Genius used his magic to pass images to Martin's computer. Martin rewound them until he found the right moment in time.

Frederick set the exact point in time with the numbering that Martin had sent him. He prepared the computer programme "Travel through time". He got into "Go back in time", write the exact point of time and leave the laptop on standby.

As it was Saturday and there was no school, he went to George's house with the portable computer with the excuse of showing George a programme to learn English.

'I came to play with George,' said Frederick. 'I brought the laptop with a game to learn English...'

'Less nonsense and more studying is what you have to do,' said George's father angrily.

'Come in, please,' said the mother, she forced a smile and kept on talking. 'Come with me. He is in his room. His English marks should improve.'

'Do you want to see the game?' said Frederick to George's mother. 'It is very interesting.'

'OK. Just for a minute. My husband is waiting.'

'Maria!' shouted her husband.

Frederick could not wait any longer. When George's mother and he were close enough to the computer, he used the keys "Travel to the past" and "Change the past". He accepted the exact predetermined time in the past and everything went dark.

A few minutes and some images appeared, and Frederick and Maria reappeared in the same room.

'What happened? Everything has gone dark,' asked Maria in surprise.'

'I do not know.' Frederick lied. 'I was about to put an English programme...'

'What about my son? And my husband was shouting...' said Maria. 'What a strange thing!' I can't hear anything...'

He heard the door and her husband's voice.

'Honey, I'm home...' cried the husband in the

affectionate tone he used to when he came home. Where are you, dear?

'Upstairs,' said she puzzled.

'Let's eat,' he said authoritatively. 'Serve my food as I am in a hurry...'

'What? Today is a holiday... I couldn't even prepare food.'

'I said that I have to hurry,' said he raising his voice.

'For what?'

'What do you care about? What you have to do is take care of the house and your work is to get everything done for when your husband returns. That's why you are at home all day.'

Genius spoke to Frederick through his mind: "You have to become invisible and put your bracelet on Maria. She is so nervous that she won't notice. I shall use my magic on her in order that he respects her."

Frederick did what Genius asked him.

'You're wrong,' said Maria. I just found a job and I'll bring home a salary like you, even if things are well, it could be better. So you should be prepared to share the housework and, if we have children we share their care and responsibilities half and half.'

'How?' her husband said surprised. But darling, if I love you very much...'

'And you're going to respect me as an equal... share good and bad... Love without respect is nothing. If you want to stay married it must be like that, if not, bye, bye...'

'I do not know what to say,' said the husband. I have been taught otherwise. My mother and my sisters never let me wash a dish. If they find out that I

229

have to clean my house they are going to laugh at me.'

'So, goodbye.'

'Neither this nor that. I've married you because I love you...'

'In that case, you know what you have to do...'

'Okay,' said her husband. At least give me a hug.'

Husband and wife hugged. It seemed that the wife had won the first hurdle to achieve equality in marriage. But soon the first surprise came.

'What about my food?'

'Today it's your turn to make it. Yesterday I made it,' said Maria.

'I can't cook,' said the husband. What if you cook and I always wash the dishes?'

'Can you wash the dishes?'

'No, but it will be easier. I think! Okay, I'll try to make a salad.'

All day peace and harmony reigned. While the man was preparing dinner, the moved Frederick and the moved Maria went to look for a job for the other Maria. In the street his friend Martin waited for them. He had also travelled in time.

When they went to the street, they saw a sign on a restaurant door: "We need a cook". They got in the restaurant. Curiously, the restaurant owners knew the woman because her husband always said that she was a fantastic cook. She was hired immediately.

Then they needed to change the moved Maria by the other Maria of the past. Interestingly the other Maria was passing along the street when they were talking with the restaurant owner. Martin went to look for her; the moved Maria went to the toilets. Everything went well and Maria accepted the job happily.

Frederick was made invisible again and removed the implants from the moved Maria. Martin pressed Enter and he returned to the future, the moved Frederick and the moved Maria did the same. They come back at the exact time they left.

When they arrived in the future George's father was cooking.

'Dinner's ready, my treasures'.

'Here we come, Dad!' George and Maria replied in unison.

'We'll have to leave this English programme for another day,' said Frederick.

Frederick said *goodbye* and left. His friend Martin was waiting outside. They talked to a neighbour who told them that they were a picture of harmony. 'They share everything, good and bad... I wish I had a husband like that...' said the neighbour.

Maria didn't remember anything. They were very happy.

10. BULLYING

It was a long awaited vacation for Damian, Matilda and Frederick. There were fifteen days of celebrations in the neighbourhood. The boy was on summer vacation and, like every year about this time, the whole family was on vacation.

There were days of watching films until the wee hours of the morning. They stayed at home with no concerns, doing what they pleased without timetables. Matilda carried the emotional burden of all the issues of the house and Frederick's education.

233

She could have a few free days with no pressures and relax. Frederick's father, however, adapted a more passive role; he fulfilled his household requirement as father only when Matilda pointed out what he had to do. Matilda complained about her husband's passivity as she was tired of holding the reins for everything.

'Can't you take care of anything without me telling you?' she protested.

'I don't want to talk about it, my dear...' he answered.

Matilda, Frederick's mother used to go for coffee with a work colleague, but lately her friend never left home as she had long been on long term sick leave with a strange illness.

'Why don't you go for coffee with Mari Carmen?' asked Frederick. 'Every year you have gone to have the vermouth at the bar in the square and watched the entry of the bulls. I went as with you and I went up on the scaffold. My friends and I were jumping from scaffold to scaffold a bit. Then we found Mari Carmen's family. Both families went to have a drink at the bar in the square and then we went home for lunch. Mari Carmen and her family did the same. In the afternoon we all went to have a snack on the scaffold with my group of friends.

'This year Mari Carmen won't be coming but her husband and children will come alone to our scaffolding,' Matilda said.

'Why?' asked Frederick.

'She is on sick leave.'

Matilda and Frederick went to visit Mari Carmen at her house. She received them warmly. They had something to drink and Frederick played an intelligence game on his console.

'Tomorrow it's your turn, you must come to my house for coffee,' said Matilda.

'I can't, sorry,' said Mari Carmen. 'I start to panic at the thought of leaving home. I'm not strong enough to return to work.'

When they left her house, they spoke with Mari Carmen's husband who had just parked his car.

'I tried to convince Mari Carmen to go out to these festivals, but she doesn't want to.'

'I think she's OK' said Matilda.

'When she is at home she looks relaxed and happy as usual, but if we try to leave home she becomes ill. I think it is something related to her work, she becomes very sad whenever we mention it...'

'Have you been to a specialist?' asked Matilda.

'Yes, but you see...'

They said goodbye and went home. Frederick asked lots of questions. In the end Matilda told him what happened.

'She has been on sick leave with depression for three months before the holidays and she hasn't left her house,' said Matilda.

'Now during the festivals it is a good time to go out and overcome her depression. Encourage her to go out...' said Frederick. 'We must help her.'

'I'd like to it,' said Matilda. 'I don't know how.'

'First we should solve the problem witch she has at work so Mari Carmen can get well and she can get back to work,' said Frederick.

'How did you know she has problems at work?' asked Matilda. 'I didn't tell you...'

'I'm not a child as you think...'

'OK, How will you solve it?'

'Talking about it... It is what you taught me,' said Frederick.

'At work there are two people... A discussion with them is not possible.'

'In my school there are several people like that. When they take a dislike to somebody they make their life miserable for a time... It is what happened to John, "the beggar's son". Do you remember?'

'I remember, you helped him... Unfortunately it is much more complicated with older people. It's called bullying, ganging up. Do you remember that time dieted and lost ten kilos?'

'Yes, why?'

'Those same people made my life miserable... I'll tell you.'

'And what did you do?'

'I kept quiet, waited and hoped... I worried every night and I slept by using sleeping pills until the holidays came and I didn't see them. When we returned from the vacation, I had increased two or three kilos and they left me in alone.'

When they got home they sat down to discuss the problem of bullying in society. Frederick remembered that when Joseph Damian and he were younger there was a gang who chased them home.

'I remember that,' said his mother. 'I went to talk to the teacher about a possible bullying problem. It was resolved... Right?'

'Yes, when I confronted Julius, the gang leader of the bullies, they left us alone and went to pick on other people,' said Frederick. 'That wasn't so bad...'

'Yes,' said Matilda. 'These people who harass us at work don't do anything physical, but... When they take a dislike to somebody they make their life miserable. First it happened to me with my diet, they were jealous of me because I was thinner and prettier than them. Now it is happening to Mari Carmen, they are jealous because she is much smarter than them...'

Frederick and Matilda looked at the Internet "bullying at work". They even read some paragraphs in a book about the subject: "How to survive bullying at work". They found out about the great number of people who are suffering in society. Frederick read it loudly.

'The people who are suffering can react in two ways: They can assume the role of "victim" or the role of "active resistance". Assuming the role of "passive victim" involves depression. Then need psychological treatment. Recurrent sick leaves usually appeared.'

'This is the case of Mari Carmen who developed the panic of going to the street as a way to protect herself from going to work,' said Matilda.

'The "active resistance" can go on the offensive and show your bully that a battle can be won or lost, but the struggle continues. This is what Mari Carmen and you should have done.'

'I showed "active resistance" when I confronted Julius,' said Frederick.

'Mari Carmen is very intelligent and has innovative ideas. The older partners thought they were the best in everything and they can't bear this.'

'Are they really are the best at everything?' asked Frederick.

'They have people skills and know how to talk. They have largely dominated people at work to gossip and so that nothing will get out of hand. They dominate everyone when it suits them.'

'Two questions,' said Frederick. 'First: "Are they really better than the others?" The second: "What can you do to help Mari Carmen?"'

'No,' said Matilda. 'Mari Carmen is much better than them, both as a person and as a professional. Perhaps they see her as a threat, possible competition for promotion, I don't know, they could be afraid of losing their position. What I can't stand is that the bullies talk about her disrespectfully and that the group around them laughed, telling lies about Mari Carmen, getting at her physical appearance or even her personal life... Even through the bullies say bad things about Mari Carmen to score points with the bullies and be part of the group... I can't stand it. I sometimes speak, I sometimes get up and leave, other times I keep quiet to avoid problems. It's horrible... I am very unhappy at work. I disagree with what they do but I know if I stand up to them, they may take a dislike to me and make my life miserable...'

'We must stop it, Mom,' Frederick said. 'If we want Mari Carmen to overcome her depression and get back to work she has to stop being a victim and take the role of active resistance... But I don't know how...'

'Me neither,' said Matilda. 'The hardest thing is to find people who recognise Mari Carmen's value and help her to stand up to these people. There are many people on Mari Carmen's side like me, but they daren't to confront them. So, we stay silent, we endure it, and each day we count the minutes to home time... we are very unhappy. The worst part is that, if the fellow bullies continue disrespecting and discredit her, Mari Carmen could never get promotion and if her sick leave continues she can be fired...'

'I think Mari Carmen is so worried about returning to work that she is afraid of leaving home,' said Frederick. 'When July's gang chased us after school, I didn't feel like going to school.'

'That's right!' said Matilda. 'At home she feels protected, valued, loved and safe. I must tell her husband that my son has just uncovered the cause of Mari Carmen's illness. I'm excited! I just had a conversation with my mature son...'

'I know, Mom.'

They hugged.

'If I say what I think, are you going to get angry?' asked Frederick.

'No.'

'When I was five or six years old and I came back home scared because those children were chasing Joseph Damien and me, do you remember what you said?'

'I said you should ignore them or confront them,' said Matilda. 'And do you remember when they stopped bothering you?'

'When I stood up to them it was very hard and I was really scared,' said Frederick. 'I still shake thinking about the time I had to slap July's face to stop him pinching and bothering me in class.'

'But he left you alone.'

'Yes,' admitted Frederick. 'Well you know what Mari Carmen and you have to do with those people who harass you at work...'

'I don't know if we have the courage... With older people it's much more difficult.'

'It is never easy,' said Frederick. 'I have to check one thing, Mom. Perhaps there is another way to help her. I will go to my room and I look at some things on the Internet.

Frederick went to his room to communicate with Genius.

'Genius, can I tell my mother our secret?'

'Of course not... She could call the press and create a scandal...'

'She will not.'

'We can't risk her knowing about me. I do appreciate that you have to tell her about a programme on your computer to travel in time and you can use it to do good and help people. But don't say my name.

'OK! See you later.'

.   .   .

Frederick ran downstairs and told his mother the story of the programme in his computer to travel in time.

'Will you promise to keep this secret?'

'OK,' said his mother. 'It's better not to tell anyone... They won't believe us. Are you sure we can go back in time to resolve this? What can we do?

'Stand up to these who harass you the first time they bother you at work.'

'OK,' said Matilda. 'I will do it on one condition: you also travel in time and stand up to Julius, the child who began to pinch you when you were three years old and you did not have the courage to slap his face until you were six... What if you stand up to him the first time he bothers you?'

'Done!'

'How can we do it with Mari Carmen? How will she travel in time without knowing?' asked Matilda.

'She won't remember anything when she comes back, or what others relate to her either. This programme works well,' said Frederick.

'Let's say goodbye to Dad,' said Matilda.

'It's not necessary,' said Frederick. 'No one will notice.'

Mum cooked dinner while Frederick was looking for images in his computer to find out the exact points in time that his mother, Mari Carmen and he had to travel to find the first time they did something wrong to them.

.   .   .

They saw images following Matilda's diet in which she lost many kilos and was more beautiful than her colleagues; Frederick saw a colleague asked his mother with an air of superiority.

'How many kilos have you lost?'

Matilda didn't want to answer.

'You are totally anorexic. Before you were prettier... Who came up with losing so much weight?'

Another day Matilda tried to express her opinion about an important issue; they ignored her and didn't let her speak.

'On this I think that...'

'Losing weight shrunk your brain... How obsessed you   are!'

Everyone laughed, and no one heard Matilda's opinion when she finally managed to express it. Frederick saw some images but he stopped them. He couldn't bear to see his mother so defeated. Genius didn't let him carry on.

'Leave it! This issue affects you too! You're too young for this... Martin is going to do it.'

Martin came through his computer and programmed his computer to bring Matilda back to the first scene, the first day they asked her about her weight. Martin sent the data to Frederick's computer. He went next to his mother with his computer programmed to travel in time together.

. . .

They came to the room where Matilda was with her future bullies.

'We need to get to the other Matilda out there so you can come in,' said the moved Frederick quietly.

The moved Frederick picked up a mobile that was on the table.

'Don't do that,' said the moved Matilda.

'I have to call the other Matilda to let her go out. Turn off you mobile.'

The moved Frederick called his mother. Matilda's mobile rang in the other room.

'Hello.'

'It's me, Mom. I feel sick. Could you take me to the doctor?'

'What is it? Where are you?'

'At the door of the Town Hall. Please...'

'I'm coming. Goodbye.'

The moved Frederick hung up the phone and ran downstairs. The moved Matilda hid to avoid meeting the other Matilda who was coming downstairs to find her son.

She turned on her mobile. She waited a while and came back pretending to be herself.

'How is your son?' she was asked.

'It's just a touch of flu. I gave him some medicine and I sent him to bed.'

'And you've changed your clothes...'

'He vomited...'

That afternoon things were different from the first time. Although her partners were proud and had superior air, but they were kind to her and didn't mention her weight.

The moved Matilda was expecting to be bothered and have to stand up to them but there was no need.

.   .   .

The moved Frederick was in his room pretending to be ill while his other mother was preparing hot soup. He was watching images in his computer about what was happening in the Town Hall. It was almost closing time and nothing had happened...

There was another problem, the other Frederick, who had been playing at Joseph Damien's house, was returning home. He had to resolve that.

The moved Frederick went downstairs to the kitchen and told his mother.

'You don't need to prepare soup... I'm fine... I'm going to Joseph Damian's house for a bit...'

He ran out so that Matilda wasn't surprised when the other Frederick came back home from Joseph Damien's house.

The moved Frederick went to the Town Hall to take the moved Matilda to travel in time to the future with his laptop which they had hidden in the Town Hall.

.   .   .

At home Frederick wanted to check the outcome of the operation. He asked his mother.

My friend's mother has problems at work because he is slimming, she is becoming very pretty and a colleague is envious and she is being bullied. Did it ever happen to you?'

'No,' replied Matilda. Once I lost weight and I looked well. A couple of colleagues didn't like it. They looked askance at me for a while, but didn't say anything...'

Frederick noticed that his mother didn't remember anything about their adventure. He took an apple from the fruit bowl on the table, and began to eat.

'And Mari Carmen?'

'That is another story, a much more complicated story.'

'See you later.'

Frederick ran to his room taking the fruit with him. He was nervous.

'You can't even eat quietly...' said Matilda.

Back in his room he could talk to Genius.

'The reality changed, why?' asked Frederick.

'Because these people have great people skills and realised that your mother was up to something... you see, she never was bullied,' said Genius.

'And it's not easy to catch them...'

'No, it is not easy,' said Genius. 'Maybe they aren't so bad...'

'But they have to stop making people suffer. If people are different from them they can't disrespect them like that. We have to try to resolve Mari Carmen's problem...'

'How?'

'I have no idea,' said Genius. 'We can't do the same as with your mother because the bullies would realise it. We will sleep on it. Go to bed.'

At midday the next day Frederick pretended he was sleepy and went to take a nap in his room. He turned on the computer. He already had an email from Martin with the exact moment in time that he had to return Mari Carmen to the past and try to resolve her problem.

Frederick went into the programme "Travel through time", then, "Travel to the past", and finally, "Change the past".

He was knocking on Mari Carmen's door with his laptop in his hand.

Mari Carmen opened it.

'I have brought a complicated computer game. My mother said that you are very smart...'

'Did she really say that about me? For a long time no one has appreciated me...'   'You should stand up to those colleagues who make your life at work miserable. You should say what you think about them...'

'How? Who told you that?'

Frederick clicked Intro in the laptop which had

already been prepared. Mari Carmen and he travelled in time.

'What is happening?' asked Mari Carmen when everything went dark.

'You will have the opportunity to change everything.'

'I don't want to return...'

Then they saw the other Mari Carmen going to work.

'But it's me... What's going on?' said the moved Mari Carmen without being heard.

'I think you've travelled back in time to solve a problem and you don't have the illness you have in the future...'

'Have we travelled back in time?'

'I think so,' said Frederick. 'Let's follow her.' The moved Mari Carmen and the moved Frederick followed the other Mari Carmen to her work taking great care not to be seen. Finally they arrived.

The other Mari Carmen stood at her office door. Her colleagues were inside saying horrible things and laughing disrespectfully. Finally one of the women looked at her watch.

'Shut up she is due to come in...'

The other Mari Carmen went to the toilet to cry. The moved Mari Carmen knew the other Mari Carmen would be crying at least quarter of an hour and the moved Mari Carmen wanted to get in to stand up to them.

'You are always telling lies about me, stop it!'

'What lies?' said one of them. 'What's your problem? You are over reaching full of obsessions.'

'Mari Carmen imagines things... she is late, she is

247

working badly, she wants to be better than the others, she is a bright spark, isn't she?'
'Today she came in her housework clothes...'

.   .   .

Her two colleagues continued to criticise as if she was not there. The moved Mari Carmen had forgotten the clothes she was wearing when she travelled in time. She looked at them: she was wearing old and stained clothes which she had on when Frederick took her from home without any warning. She was embarrassed; she sat quietly in her chair and said nothing while her colleagues continued to criticise.

The moved Frederick, who watched from outside, realised they had screwed up and he pressed his implant in Genius bracelet.

'Genius, help us.'

'Quiet, it's under control,' said Genius to Frederick's ear. 'Martin and I have also travelled back in time. Martin has been recording everything they said, including Mari Carmen crying.'

As the moved Martin entered the office. He went to a corner and turned off the camera.

'We have the proof we need,' said the moved Martin.

'It is illegal to record people,' said one of the women bullies.

'Perhaps we have a court order and some witnesses... I would be careful in your position...' said the moved Martin.

Fortunately, Mari Carmen's women bullies didn't recognise Martin.

'Can you tell us who are you...'

'You will find out... I'm watching you continuously...'

Then the moved Martin talked to the moved Mari Carmen.

'Come with me,' said the moved Martin to the moved Mari Carmen. 'I need your signature.'

'With pleasure,' she said and followed him.

'Don't do that or you'll have problems...' said the leader of the bullies.

'I think it's you who will have problems...' said the moved Mari Carmen.

The moved Mari Carmen left the office with a smile which she hadn't had before.

'Finally!' the moved Martin said with a wink.

'Then you are a policeman...'

'No, but they don't know...' said Martin.

Before the moved Mari Carmen reacted and asked more embarrassing questions which the moved Frederick and the moved Martin couldn't answer, or someone saw them and caused problems, they left.

While the moved Martin and the moved Mari Carmen had been inside with the bullies, the moved Frederick had prepared their laptops to return to the future. They had them on a shelf that was half-hidden in a corner of the hall. When they were all close enough the moved Martin and Frederick clicked enter and all went dark.

.   .

.

All returned to Mari Carmen's home. Frederick was sitting on the couch with her and Martin was at the door. He rang the bell. Frederick opened it.

'Hello Martin!'

'Hello Frederick!'

'Hello!' she said surprised to see him. 'Who's your friend?'

'My taekwondo trainer...'

'Do you remember me?' said Martin.

'No,' said Mari Carmen. 'You could have met me at the Town Hall... I work at the Town Hall, do you know it?'

'Were you on sick leave?'

'No,' said Mari Carmen. 'I haven't been on sick leave in my life. I think you confuse me with someone...'

'Excuse me madam, I think I am confused.'

'You haven't said what you wanted...' Mari Carmen told Frederick.

Frederick made up a story.

'I came to ask if you are meeting with my parents tonight...'

'Yes.'

'OK. Goodbye.'

Frederick went home. They were waiting for him to eat.

'Hurry!' said Matilda. 'Wash your hands and sit at the table. This afternoon at quarter to five we need to be ready. We have arranged with Mari Carmen and her family to go on the scaffold to see the bulls and then we'll have a snack. Eat your lunch now. It's two o'clock.'

Frederick realised that the future had changed for the better. No one remembered anything. Everyone acted as normal and the problems had disappeared.

He ate heartily. The macaroni was gone in a jiffy.
'Is there more?' asked Frederick.
'No,' said Matilda. 'Eat some fruit.'
Frederick ate a banana. He was still hungry.
'You are eating a lot, son,' said Matilda and gave him a flan.
'What is on the sandwiches for this afternoon?'
'Omelette with sausage.'
'Good! Can I go and rest in my room?'
'As long as you stop eating...' said Matilda. 'Give me a kiss; come on, big guy...'

Satisfied Frederick lay down in bed to rest. He soon heard Genius' voice.
'We had to resolve three problems, do you remember?' said Genius' voice in his ear. 'We need to resolve your problem with Julius, the boy who pinched you when you were at nursery school.'
'It's settled,' said Frederick.
'I think not,' said Genius. 'Besides, you promised your mother...'
'She can't remember... I don't want to go back again! It was bad enough the first time!'
Genius left him alone. Genius had to admit that Frederick was human. As with every human being he was giving advice to others rather than applying it to himself.
That afternoon they went to the bulls. At the break they had a sandwich; Julius was playing bulls with his group. Frederick didn't feel like going to play with them because he couldn't stand Julius. So Frederick was left alone playing on his console in the corner.

'Are you sure there really isn't a problem?' whispered Genius' voice.

'I can't stand him,' said Frederick.

'You still have time to change that...'

'Okay.'

Martin was behind Frederick. He pressed Intro on his laptop. It was ready to travel in time. They would go back to Frederick's childhood, when he was three years old.

They returned to nursery. They had a problem: neither the moved Martin nor the moved Frederick looked like a child from the nursery. They became invisible immediately. They went into the classroom. The moved Frederick went into the cloakroom where the little Frederick was pinched every morning by Julius. The little Frederick came to leave his jacket to the wardrobe of his class. Julius went back and pinched the little Frederick's arm sharply.

The moved Frederick kicked Julius as hard as he could. Julius fell and rolled on the floor of the classroom. All the children looked admiringly at the little Frederick who was smiling happily.

'What happened?' asked the teacher.

'Frederick kicked me,' Julius said.

'He threw himself on the floor' said Frederick.

'I saw it,' said a girl who was at the front when he had left his jacket. 'Julius pinched Frederick's arm and then threw himself onto the floor...'

Julius blushed.

'He did it so that Frederick would be punished...' someone said.

'That's enough!' the teacher said. 'From now on, only one person at a time can go to the wardrobe to leave his jacket. Julius will sit down under the shade of the tree during the playtime.'

The moved Frederick did not remember being so small, but he wanted to stay invisible in a corner of the classroom until playtime. It felt good to be loved and respected by the whole class.

Then the moved Frederick didn't want to miss playtime. The moved Frederick saw Julius punished under the tree. He was sitting there alone. The moved Frederick just felt a little sorry for Julius.'

Suddenly Julius got up and went to the teacher. He talked to her.

'I have been thinking, Miss.'

'What have you thought?'

'I must apologise to Frederick.'

'Good idea!'

The teacher summoned the little Frederick, and a very important scene took place in the little Frederick's life. Unfortunately the moved Frederick wouldn't remember because the moved Martin, who was invisible beside the moved Frederick, pressed Intro and the moved Frederick was moved back to the future without memory.

Everything was dark. Frederick was sitting alone playing on the console. Julius called him.

'Are you coming, Fred?' said Julius.

'OK,' said Frederick.

He turned off the console and went to play with the group.

'I did not know that you were Julius' friend...' whispered Genius' voice in his ear.

'Why?'

'For nothing.'

Frederick played all afternoon with his friends. Then they returned to the scaffold to see the small female bull when sweets are thrown for the younger people. They saw a couple more female bulls, and finally, they saw the male bull come out. What Frederick liked the best was a conversation he heard between his mother and her friend Mari Carmen.

'I just read in a paper that *bullying* is one of the major problems in our society.'

'How lucky we are to have such an enjoyable job!'

'Yes, I agree with you.'

Genius then whispered in his mind.
'Mission accomplished,' said Genius. 'We have resolved three outstanding issues.'

'We only had two,' protested Frederick. 'Can you let me enjoy the festivals alone? Please... I'm with my friends...'

'OK! Enjoy the festivals... You deserve it!'

Frederick was tired of playing, the afternoon snack was long gone and he sat with his friends in a terrace bar with an ice cream.

Festivals were great. They lasted many days. Genius was watching Frederick playing with his friends. His friend, the human boy, had grown and changed. One day Frederick would get older and they would have to separate. But Genius didn't want to worry about that now. A few moments of happiness like these had not to be wasted and they had to be lived fully...'